Viktoria von Berlich

Die Schweigende

Die Schweigende

Kriminalroman

Viktoria von Berlich

Die Schweigende © Viktoria von Berlich 2016
Alle Rechte vorbehalten, auch die des auszugsweisen
Nachdrucks und der fotomechanischen Wiedergabe.
www.Viktioria-von-Berlich.de

Cover by Tamara Werner
www.wtw-werbung.de

Herstellung und Verlag:
BoD – Books on Demand, Norderstedt

ISBN 9783741264344

Für meine Mutter,
deren Liebe unendlich ist.

Anno 1994,
als ♌ dem Leben entschwand
und ♑ in meinem Bewusstsein erwachte.

1

Auf dem Namensschild neben der Wohnungstür stand der Name "Edwin Erdmann". Die Tür war offen, und in der Wohnung herrschte reges Treiben. Überall Kriminalbeamte, teils in Uniform, teils in Zivil. Kommissar Walko ging zum Tatort, um die Leiche zu sehen. Da lag ein Mann, Anfang dreißig, lichtes Haar, wohl genährt, ein Messer in der Brust, mit dem Rücken auf dem weißen Sofa in einer riesigen Blutlache. Das Sofa war total versaut, das konnte man nur noch zum Sperrmüll geben. Dabei war es wohl noch neu. Die gesamte Wohnung schien erst vor kurzem neu eingerichtet worden sein. Und das vom Feinsten! Alles modern, viel Weiß und Schwarz, wenig Holz, dafür um so mehr Stahl. Irgendwie beeindruckend, wie in einem Möbelhaus. Doch etwas störte. Die Leiche auf dem Sofa sowieso, die passte hier so gar nicht rein. Nein, noch etwas anderes. Alles wirkte so kalt, so leer.

„Guten Morgen, Herr Walko!" rief mit klarer heller Stimme seine Assistentin Marlies Mendel.

„Schöne Sauerei auf diesen schicken Möbeln, finden Sie nicht auch?"

Und noch bevor er auch nur eine Silbe antworten konnte, fuhr sie mit alles überwältigendem Elan fort: "Diese Wohnung ist erst vor wenigen Wochen neu eingerichtet worden. Ich habe eben die Rechnungen gefunden. Nicht billig! Hat ganz schön geklotzt, der Junge. Aber wissen Sie, was hier fehlt? - Pflanzen. Irgendetwas Grünes. Auf den ersten Eindruck scheint alles perfekt zu sein, aber bei genauerem Betrachten spürt man das fehlende Leben. Übrigens überall in der Wohnung. Nirgends auch nur eine Spur von Blumen."

Das war die Mendel live. Kaum sah sie eine Leiche, schon stürzte sie sich in die Ermittlungen, und das mit einem Tempo, das so gar nicht mit dem von Kommissar Walko harmonierte. Er liebte es, den Tatort und das Opfer erst einmal auf sich wirken zu lassen. Eindrücke zu sammeln und die Umgebung zu betrachten. Am besten nur wenige Worte darüber zu verlieren, höchstens ein paar Einzelheiten mit den Kollegen von der Spurensicherung zu besprechen. Dann wieder zu gehen und im Büro die gesammelten Bilder in einem Bericht zusammenzufassen.

Doch die Mendel musste immer gleich alles analysieren, möglichst mit ihm. Wobei er eigentlich überflüssig war, denn sie hatte eine ausgezeichnete Beobachtungsgabe und die Fähigkeit, das Wesentliche auf den ersten Blick zu erfassen. Walko ärgerte sich oft über ihre Treffsicherheit. Was er im Laufe der Jahre durch Erfahrung gelernt hatte, schien für sie eine Selbstverständlichkeit zu sein. Und dann auch noch ihr Studium der Psychologie. Sie fand immer die richtigen Worte.

Das alles wäre nicht so schlimm für ihn, wenn sie wenigstens wie eine Intelligenzbestie aussehen würde. Aber nein - sie verstand es, sich stets vorteilhaft und elegant zu kleiden. Es kursierte gar das Gerücht, sie habe während des Studiums nebenher als Mannequin gejobbt und damit ihren Lebensunterhalt verdient. Auch heute trug sie wieder einen ausgefallenen Hosenanzug, nicht von der klassischen Sorte, sondern eher sportlich, passend zu ihrem Typ. Und dann dieses Parfum! Es verwirrte seinen Verstand erst recht. Und das am frühen Morgen. Erst wirbelte sie hier den ganzen Tatort durcheinander, und dann hinterließ sie auch noch diese betörende Duftwolke.

Es erging nicht nur Kommissar Walko so, alle männlichen Kollegen schnupperten an diesem Morgen den frischen Duft, den Marlies Mendels Parfum hinterließ. Doch die Kollegen genossen das. Welch ein herrlicher Gegensatz, diese vor Leben sprühende junge Frau und diesem so schrecklichen Anblick einer blutüberströmten Leiche.

„Wer hat denn den Toten überhaupt gefunden?" Mit dieser Frage versuchte Walko, sich wieder auf seine Arbeit zu konzentrieren.

„Die Frau dort drüben."

Im Nebenraum sah er nun eine kleine ältere Frau sitzen, die mit abwesendem Blick auf die Leiche starrte. Sie trug einen dieser üblichen Putzkittel. Neben ihr stand ein Eimer mit Gummihandschuhen.

„Die Reinemachefrau?"

„Stimmt, aber sie ist auch seine Mutter. Sie wollte wie üblich heute die Wohnung putzen und fand dabei ihren Sohn. Eine schreckliche Sache, finden Sie nicht auch?" Die Mendel war voll Mitleid beim Anblick dieser Frau. Walko nickte zustimmend.

Kommissar Walko ging auf die Frau zu und drückte sein Beileid aus. Dann erkundigte er sich nach ihrem Befinden und fragte, ob er irgendetwas für sie tun könne. Bei diesen Worten brach die Frau plötzlich in Tränen aus. Die Mendel rief sofort nach dem Arzt, der ein Beruhigungsmittel spritzte, das aber kaum Wirkung zeigte. Trotz aller Bemühungen steigerte sich die Frau immer weiter in ihren Schmerz hinein, so dass schließlich ein Krankenwagen geholt werden musste, der sie in die Klinik brachte.

„Haben Sie die Nachbarn schon befragt?"

wollte Walko nun wissen.

„Ja, aber das war nicht sehr ergiebig. Das Opfer hat sehr zurückgezogen gelebt. Nur seine Mutter kam regelmäßig. Ansonsten keine Damenbesuche und nur selten ist einmal ein Freund gekommen. Aber an den Wochenenden ist er oft weg gewesen."

„Und letztes Wochenende?"

„Da ist er wohl hier gewesen, aber es ist niemandem etwas aufgefallen. Niemand hat etwas Ungewöhnliches gehört oder gesehen." Und dann fügte sie in ihrer saloppen Art hinzu: "Ein typischer Banker."

„Wie kommen Sie denn jetzt darauf?" fragte Walko verdutzt.

„Ich habe seinen Arbeitsvertrag gefunden. Und dann müssen Sie mal in seinen Kleiderschrank schauen. Nur teure Anzüge mit jeweils passender Krawatte dazu, die übrigens alle schon gebunden sind. Die älteren Krawatten haben alle einen schmierigen Fleck auf dem Knoten. Wi-der-lich, kann ich da nur sagen. Auf den ersten Blick gut angezogen, aber bei genauerem Hinsehen doch ungepflegt. Alles nur für den ersten Eindruck. Naja, eben ein typischer Banker."

Walko schüttelte den Kopf. Woher sie nur dieses Klischee wieder hatte. Werden jetzt schon ganze Berufssparten psychologisch analysiert?

„Nun, dann lassen Sie uns mal in die Bank gehen und typische Banker befragen."

2

Die Befragung in der Bank war unbefriedigend. Die Nachricht von der Ermordung hatte alle entsetzt. Niemand konnte sich einen Grund dafür vorstellen. Edwin Erdmann wurde von allen nur gelobt. Nach mittlerem Schulabschluss hatte er eine Ausbildung zum Bankkaufmann in eben dieser Bank gemacht. Anschließend hatte er sehr erfolgreich eine kleine Filiale geleitet und war erst kürzlich Leiter in der Abteilung für Privatfonds-Management geworden. Eine ungewöhnlich schnelle Karriere. Er sei ein vorbildlicher Mitarbeiter und Chef gewesen, hatte sein Vorgesetzter berichtet, und selbst seine Mitarbeiter hatten sich nur positiv über ihn geäußert. Weit und breit kein Motiv.

Kommissar Walko und seine Assistentin Marlies Mendel saßen in ihrem Büro und ließen alle Eindrücke noch einmal an ihrem geistigen Auge vorüber ziehen. Edwin Erdmann schien ein überaus erfolgreicher Jungmanager gewesen zu sein, dem alles nur so zuflog und der trotzdem dabei Mensch geblieben war. Eine außergewöhnliche Persönlichkeit.

„Wissen Sie, was mich an der ganzen Sache stört?" fragte die Mendel unvermittelt, ohne auf eine Antwort zu warten.

„Das Entsetzen der Leute dort in der Bank war echt, das habe ich gespürt. Aber der Erdmann wird mir zu sehr über den grünen Klee gelobt. Bei allem Respekt für einen Toten, so perfekt wie der geschildert wurde, kann kein Chef sein."

Kommissar Walko blickte fragend und leicht beleidigt zu ihr rüber.

„Sie natürlich ausgenommen, Herr Walko. Über Sie wüsste ich auch nichts Negatives zu sagen. Jedenfalls nicht sofort. Wenn ich allerdings eine Weile darüber nachdenken würde, wer weiß, vielleicht würde mir doch noch etwas einfallen. Aber das ist jetzt nicht unser Problem."

„Frau Mendel, wenn es etwas gibt, was Sie bedrückt, dann sollten Sie offen mit mir darüber sprechen. Sie wissen, ich bin da sehr aufgeschlossen und nehme so schnell nichts übel."

Marlies Mendel musste ein Lachen unterdrücken. Der gutmütige Walko war ihr mal wieder auf den Leim gegangen. Sie lächelte und tat so, als sei sie sehr erfreut über seine Worte.

„Nein, Herr Walko. Im Moment gibt es wirklich nichts, was mich bedrückt. Aber vielen Dank für Ihr Angebot."

Zufrieden lehnte sich der Kommissar in seinem alten Stuhl zurück und seine Gedanken wanderten noch einmal zum Tatort. Die Mendel hatte ganz richtig beobachtet, die ganze Wohnung wirkte leblos. Alles war so leer, kein Buch, keine Pflanzen, nichts. Wie ein Ausstellungsraum. Und dann die Frau, die Mutter des Opfers, die er zuerst für die Putzfrau gehalten hatte, sie wirkte ebenso seltsam. Was wollte sie eigentlich dort putzen? Es war doch alles sauber.

„Frau Mendel, Sie sind doch eine Frau und verstehen etwas vom Putzen. War die Wohnung eigentlich schmutzig? Ich frage mich nämlich, was die Frau dort putzen wollte."

„Da bin ich noch gar nicht drauf gekommen!" rief die Mendel aus. Den Seitenhieb auf ihre angeblich weiblichen Kompetenzen ignorierte sie bewusst, solche Sticheleien waren ihr zu platt, um darauf zu reagieren. „Genau das war's! Alles wirkte so steril. Die Wohnung war nicht sauber und auch nicht rein. Nein, sie war steril! Und haben Sie die Frisur der Frau gesehen? Toupiert und mit jeder Menge Haarspray fixiert, damit sie nur ja in Form bleibt und kein Haar verrutschen kann."

Das hatte den Kommissar auch schon überrascht. Eine Reinemachefrau, die so perfekt frisiert und geschminkt war. Das wollte nicht so recht zusammenpassen. Naja, sie war ja auch keine Putzfrau im eigentlichen Sinne, sondern seine Mutter. Es kommt oft vor, dass Mütter die Wohnungen ihrer erwachsenen Söhne sauber halten. Seine Mutter hatte das anfangs auch getan.

„Das ist wieder so ein Punkt, der mir nicht gefällt. Diese Sterilität. Alles so perfekt wie in seinem Berufsleben. Das kann nicht sein", philosophierte die Mendel vor sich hin.

Blieb noch das Privatleben. Heute Nachmittag hatten sie sich bei Frau Erdmann, der Mutter des Opfers, angemeldet. Sie hatte sich inzwischen wieder etwas erholt und war nun bereit, über ihren Sohn Auskunft zu geben.

***

Die Wohnung von Frau Erdmann wirkte ebenso steril wie die ihres Sohnes. Wenn auch die Einrichtung ganz rustikal gehalten war, so war es doch offensichtlich, dass hier die gleiche Hand für Ordnung sorgte wie in der modern eingerichteten Wohnung ihres Sohnes. Frau Erdmann selbst war perfekt geschminkt und frisiert und ganz in Schwarz gekleidet. Sie bot ihren Gästen Kaffee und Kuchen an, nahm aber selbst nichts zu sich. Der Tod ihres Sohnes hatte sie ganz offensichtlich sehr mitgenommen und sie wirkte abwesend, so, als würde sie noch immer sehr starke Beruhigungsmittel nehmen, die das Ereignis weit weg aus ihrem Bewusstsein drängten.

„Der Tod meines Mannes war nichts im Vergleich zu dem Verlust, den ich jetzt hinnehmen muss", sagte sie mit zitternder Stimme, „Und damals glaubte ich schon, es nicht überleben zu können. Aber damals hatte ich ja noch Edwin, meinen Sohn. Jetzt habe ich niemanden mehr."

„Wir möchten Ihnen noch einmal unser tiefstes Beileid aussprechen. Aber wir haben auch noch ein paar Fragen an Sie", sagte Kommissar Walko sichtlich bewegt.

Auch Marlies Mendel blieb nicht unberührt von dieser so sichtbaren Trauer, aber ihr Drang zu ermitteln war stärker als ihr Mitleid.

„Frau Erdmann, können Sie sich vorstellen, wer Ihren Sohn umgebracht haben könnte?"

Bei dieser Frage zuckte Frau Erdmann zusammen, und Kommissar Walko blickte strafend auf seine Assistentin, die sich keiner Schuld bewusst war. Deshalb waren sie doch hier, oder nicht? Und Frau Erdmann wird ja wohl auch wissen wollen, wer der Mörder ihres Sohnes ist.

„Wir können verstehen, dass es Ihnen sehr schwer fällt, jetzt über Ihren Sohn zu sprechen", versuchte Walko die Situation aufzufangen. „Uns fällt es ebenfalls nicht leicht, Sie mit diesen Fragen zu konfrontieren, aber wir sind bei der Aufklärung des Falles auf Ihre Hilfe angewiesen."

Frau Erdmann blickte dankbar zu Walko.

Sie schwieg eine Weile und begann dann langsam, sehr zögerlich über ihren Sohn zu sprechen. Er war ihr einziges Kind, das erst nach langen Jahren Ehe ihr Glück vervollständigte. Als Edwin etwa zehn Jahre alt war, starb sein Vater völlig überraschend. Seit dieser Zeit hatten Mutter und Sohn ein noch innigeres Verhältnis zueinander, das niemals getrübt war. Edwin war erst vor kurzem in eine eigene Wohnung gezogen, was für Frau Erdmann eine schwere Umstellung bedeutet hatte. Aber schließlich war er ja alt genug gewesen, und sie hatte ihn auch weiterhin versorgt, so weit es möglich war.

„In der Schule war er stets gut gewesen, und nach der Banklehre hat er sehr schnell Karriere gemacht", berichtete sie voller Stolz.

Kommissar Walko wollte nun auch etwas über sein Privatleben, seine Freunde und Bekannten wissen.

„Für Edwin kam der Beruf vor allem anderen", erklärte sie nun sehr bestimmt. „Da blieb nicht viel Zeit für andere Dinge. Das Einzige, was er sich immer gönnte, das waren seine regelmäßigen Schachabende."

Edwin Erdmann war schon seit Jahren Mitglied in einem Schachclub und das ebenfalls sehr erfolgreich, oft war er an den Wochenenden auf Turnieren und kam erst sonntagabends zurück. Ansonsten lebte er sehr zurückgezogen, war während der Woche abends meistens zu Hause oder arbeitete noch lange nach Büroschluss.

„Hatte er denn nie eine Freundin?" wollte nun die Mendel wissen.

„Die Frauen von heute taugen doch alle nichts. Die wollten alle nur sein Geld." Frau Erdmann blickte demonstrativ zum Kommissar und erwartete seine Zustimmung, doch der fragte nur:

„Ist Ihr Sohn denn so vermögend?"

„Na, bei der Karriere, die er gemacht hat, da ist er doch eine gute Partie. Jeder, die er angebracht hat, war es anzusehen, dass sie sich nur auf seine

Kosten ein schönes Leben machen wollte. Und dafür brauchte er nun wirklich nicht zu heiraten."

Die Mendel war entsetzt über diese Äußerung und beglückwünschte im Geiste jede, die Edwin einen Laufpass gegeben hatte. Bei der Schwiegermutter konnte man nur die Flucht antreten!

Auch Walko hatte vorerst genug erfahren und verabschiedete sich mit dem Versprechen, Frau Erdmann anzurufen, sobald die Leiche freigegeben wurde.

3

Endlich kam der pathologische Bericht. Die Mendel griff sich ihn und verschlang ihn wie einen Krimi. Die Obduktionen selbst mochte sie nicht so gerne, wegen des Gestanks, aber die Erkenntnisse, die man auf diese Weise erhielt, faszinierten sie umso mehr.

Das Opfer war von vorne erstochen worden, mit einem kurzen Buschmesser. Es gab keine Spuren eines vorhergehenden Kampfes. Der Stich hatte genau ins Herz getroffen, so dass der Tod sofort eintrat, und zwar etwa um Mitternacht von Samstag auf Sonntag. Das Opfer hatte offenbar kurz zuvor Geschlechtsverkehr gehabt und anschließend geduscht. Am ganzen Körper gab es kaum Narben, nur am After waren erst vor kurzem ein paar kleine Verletzungen entstanden, die von einer schlechten Verdauung herrühren konnten. Ansonsten war das Opfer gesund gewesen.

Na, das war nicht viel, was die Kollegen da rausgefunden hatten. Marlies war enttäuscht. Hoffentlich hatte der Bericht der Spurensicherung mehr zu bieten.

Die Tatwaffe hatte dem Opfer selbst gehört und wurde offenbar als Brieföffner benutzt. In der ganzen Wohnung waren nur sehr wenige Spuren, es war erst wenige Tage zuvor alles geputzt worden. Überall fand man Fingerabdrücke, in der Dusche ein paar Haare, alle vom Opfer. Die zwei Gläser auf dem Tisch vor dem Sofa waren benutzt worden. Aber nur auf einem fand man die Fingerabdrücke des Opfers. Das andere Glas war offensichtlich abgewischt worden. Man hatte noch leichte Lippenstiftspuren gefunden. Auf dem Sofa selbst Blut und Sperma, beides vom Opfer. Das einzig Fremde, was gefunden wurde, war ein langes blondes Haar auf der Armlehne des Sofas.

„Na, Frau Mendel, was meinen Sie zu den Berichten?" Walko war, von der Mendel unbemerkt, ins Zimmer gekommen und wartete mit einem schelmischen Lächeln auf eine Antwort.

„Was... Wieso..." Marlies zuckte zusammen, doch dann begriff sie. Walko hatte die Berichte schon am Tag zuvor abgefangen und in aller Ruhe zu Hause gelesen, ehe er sie an seine Assistentin weitergeleitet hatte. Das war seine neueste Masche, damit er ihr einen Schritt voraus sein konnte.

„Ich würde sagen, dass Edwin seine Mörderin gebumst hat, bevor sie ihn umbrachte, alle Spuren verwischte und einfach verschwand", sagte die Mendel sichtlich verärgert.

„So eine Ausdrucksweise und das von Ihnen, Frau Mendel? Wo bleibt der Respekt für das Opfer?" fragte Walko sichtlich vergnügt und fuhr fort:

„Danach sieht es aus - auf den ersten Blick. Dagegen spricht aber das zweite Glas. Es wurde nur notdürftig abgewischt. Hätte Ihre Mörderin nicht das Glas abgespült und wieder in den Schrank gestellt, um so den Verdacht von einer zweiten Person abzulenken?"

„Sie haben recht", gab die Mendel zu, „sie muss in Eile gehandelt haben. Und welche Frau bringt schon ihren Liebhaber unmittelbar danach um? Vielleicht war sie es gar nicht. Vielleicht war sie schon weg, als der Mörder kam." So langsam vergaß sie ihren Ärger und ging ganz in ihren Vermutungen auf.

„Aber warum dann das abgewischte Glas?"

„Vielleicht wollte der Mörder den Verdacht auf die Frau lenken! Vielleicht sollen wir davon ausgehen, dass es nur zwei Beteiligte gibt und keinen Dritten. Das würde erklären, warum auf der Tatwaffe nur die Fingerabdrücke des Opfers sind. Der Mörder muss Handschuhe getragen haben, denn sonst hätte er ja den Griff abgewischt, und wir hätten überhaupt keine Fingerabdrücke gefunden." Marlies war endgültig in ihrem Element.

„Das hat was für sich", stimmte Walko zu.

Aber wer war die Frau? Wer war der Mörder und vor allem, was war das Motiv? Die wichtigsten Fragen waren noch ungelöst, da half auch die Rekonstruktion des Tathergangs nicht viel weiter.

„Eines noch", fiel der Mendel ein. „Erdmann muss seinen Mörder gekannt haben, und er hat mit einem Angriff überhaupt nicht gerechnet, denn es gibt keinerlei Hinweise auf einen Kampf. Entweder der Mord war geplant, oder es war eine Affekthandlung."

Nun schwiegen sie beide. Hier im Büro kamen sie nicht weiter. Morgen war die Beerdigung von Edwin Erdmann. Das war immer eine gute

Gelegenheit, mehr über das Opfer zu erfahren.

4

Frau Erdmann stand weinend und zitternd am offenen Grab ihres Sohnes. Jedes gute Wort, das der Pfarrer über Edwin zu sagen wusste, brachte einen weiteren Schluchzer aus ihrer Kehle hervor. Sie stand allein, und niemand war in ihrer Nähe, um sie zu stützen oder zu trösten.

Der Chef war gekommen und eine Hand voll Mitarbeiter, alle mit ernster Mine. Und dann waren da noch die Freunde aus dem Schachclub. Insgesamt waren es nicht mehr als zwanzig Trauergäste.

Dafür, dass Erdmann angeblich so beliebt war, waren es recht wenige, die ihm das letzte Geleit gaben, fand die Mendel. Walko gab zu bedenken, dass Erdmann ja sehr zurückgezogen gelebt hatte. Und trotzdem, diese kümmerliche Trauergemeinde war Wasser auf Marlies´ Mühle: bei Erdmann war nicht alles Gold, was glänzte.

Nachdem alle der Mutter ihr Beileid ausgesprochen hatten, nutzte Kommissar Walko die Gelegenheit, mit den Freunden aus dem Schachclub zu sprechen. Noch während der Schulzeit waren sie damals in diesen Verein eingetreten. Über die Jahre hinweg war dies die einzige Gemeinsamkeit geblieben. Anfangs hatten sie sich auch öfter noch privat getroffen, aber durch den Familienzuwachs, den die meisten inzwischen hatten, war dafür nur noch wenig Zeit. Edwin kam immer regelmäßig und nach den Übungspartien wurde es mit ihm immer recht lustig. Er war sehr gesellig und immer bereit, hinterher noch einen drauf zu machen.

„Und wie war es an den Wochenenden?" mischte sich die Mendel ein.

„Die haben die meisten von uns mit den Familien verbracht. Da war Edwin nie dabei."

„Nein, ich meinte die Wochenenden, an denen die Turniere stattfanden."

„Ach das, das ist lange her. Zum einen fehlt uns heute die Zeit, und zum anderen sind wir nicht gut genug dafür. Da haben die Jüngeren mehr Ehrgeiz."

„Aber Herr Erdmann war doch des öfteren dabei?" wollte nun auch der Kommissar wissen.

„Edwin? Nein, Edwin hatte auch nicht die nötige Qualifikation dazu. Er spielte zwar gerne, aber nicht besonders gut. Im Biertrinken und Witze erzählen war er wesentlich besser. Schade, es wird uns etwas fehlen."

Walko blickte zur Mendel, und die hatte ein zufriedenes Lächeln im Gesicht. Da war er nun der Punkt, an dem etwas nicht stimmte. Endlich wurde der Fall interessant.

Auf dem Rückweg vom Friedhof hätte Marlies vor Freude hüpfen können, so sehr freute sie sich über die mysteriösen Wochenenden des Edwin Erdmann. Doch der Würde des Ortes entsprechend und auch, um vor ihrem Chef nicht als Kind dazustehen, nahm sie sich zusammen und lenkte ihre Gedanken zurück zu seinen Schachfreunden.

Das waren sie nun, seine „Freunde", kannten sich seit der Schulzeit und wussten doch nichts voneinander. Das einzige, was sie vermissen werden, sind die Witze, die er gerne von sich gab. Sie haben den Clown aus ihrer Mitte verloren, und deshalb wird sich etwas verändern. Sie trauern nicht um den

Freund, sondern wegen der Veränderung, die ihr Leben nun erfährt. Das fand die Mendel nun wirklich traurig, aber so ist wohl die Welt. Wirklich tiefe Freundschaft und Verbundenheit findet man nur zu sehr wenigen Menschen.

5

Der erste schwarze Fleck auf der bisher weißen Weste des Edwin Erdmann waren diese Wochenenden, die er sontwo verbracht hatte, jedenfalls nicht auf den Schachturnieren, wie er seiner Mutter erzählt hatte.

Aber wo und mit wem? Steckte vielleicht eine heimliche Liebschaft dahinter, von der seine Mutter nichts wissen sollte und durfte? Davon war die Mendel absolut überzeugt, und auch Walko fand diese Theorie glaubhaft. Die Schachfreunde wussten von nichts. Erdmann hatte sonst sehr zurückgezogen gelebt, also keine weiteren privaten Bekannten. Blieben nur noch die Kollegen. Vielleicht hatten diese Wochenenden ja einen beruflichen Hintergrund. Oder einer der Kollegen wusste vielleicht doch Privates. Am Arbeitsplatz entstehen oft Freundschaften, die im Privatleben vertieft werden.

Der Kommissar und seine Assistentin machten sich noch einmal auf, um die Mitarbeiter der Bank nach dem Privatleben ihres ermordeten Kollegen zu befragen. Erdmann wurde auch von ihnen als sehr gesellig beschrieben. Auf den Betriebsfeiern war er immer bis zum Schluss geblieben und hatte gerne seine Mitarbeiter zum Lachen gebracht. Über sein Privatleben wussten sie aber so gut wie nichts. Sie hatten immer vermutet, dass er keine feste Beziehung hatte, denn er war stets zu Überstunden bereit und erwartete das auch von seinen Mitarbeitern. Von sich aus hatte Erdmann nie über sein Privatleben gesprochen, außer über seine Mitgliedschaft in einem Schachclub. Es hatte ihn auch niemand je mit einer Begleiterin gesehen. Dieser Punkt war immer das große Fragezeichen hinter ihrem Chef gewesen und nie hatte jemand gewagt, ihn danach zu fragen.

Die Auskünfte seiner Mitarbeiter waren also nicht sehr ergiebig. Sie bestätigten lediglich das bisherige Bild von Erdmann. Die Mendel mokierte sich wieder einmal über das Desinteresse der Menschen aneinander. Der Kommissar störte sich nicht weiter daran, es war eben so im Berufsleben. Wenn man auch manchmal gerne mehr über seine Mitmenschen wissen wollte, so traute man sich doch selten, direkte Fragen zu stellen, aus Angst, der andere könnte einem die gleichen Fragen stellen. Und wer gab schon gerne Dinge von sich preis, vor allem wenn sie unangenehm waren. Erdmanns Privatleben war nicht so geordnet gewesen, wie man es von ihm erwartet hätte. Er hatte keine Frau und keine Kinder und offensichtlich auch keine feste Freundin. Da ist es unter Umständen besser, man schweigt über diese Dinge, sonst könnten sie einem womöglich noch schaden.

„Und wie ist es mit Ihnen, Herr Walko?" Die Mendel konnte ihre Neugier nicht mehr zügeln. „Jetzt arbeiten wir schon fast ein Jahr zusammen und ich weiß immer noch nicht, ob Sie nun eine Freundin haben oder nicht."

Walko wurde rot. Da hatte sie nun wieder genau den Punkt getroffen, über den er eigentlich nicht mit ihr sprechen wollte.

„Und Sie, *Fräulein* Mendel, haben Sie einen Freund?

„Nein, zur Zeit nicht", antwortete sie kess.

„Mir geht es genauso." Walko hoffte das Thema zu beenden, doch die Mendel blieb hartnäckig:

„Warum eigentlich nicht? Ist Ihnen keine gut genug? Ein Mann wie Sie wird sich doch vor Verehrerinnen kaum retten können", versuchte sie ihn aus der Reserve zu locken.

„Das gleiche könnte ich Sie fragen. Aber bei Ihnen vermute ich eher, dass es kein Mann lange aushält", ging er nun in die Offensive über. Doch das ließ die Mendel kalt.

„Da haben Sie nicht Unrecht. Der Mann, der es mit mir aufnehmen kann, muss wohl erst noch geboren werden. Das ist eben der Nachteil, wenn man nicht gerade auf den Kopf gefallen ist. Für die meisten Männer gilt eben immer noch die Beschreibung, dass sie besser sehen als denken können."

„Leider trifft das auch für viele Frauen zu", lenkte Walko wieder ein.

„Das verstehe ich nun nicht", erwiderte Marlies etwas verwirrt.

„Sie geben zu, etwas nicht auf Anhieb zu verstehen? Das muss ich sofort in meinem Kalender rot vermerken!"

Walko lachte.

„Nein, im Ernst. Ich habe die Erfahrung gemacht, dass die meisten Frauen nur auf die Brieftasche des Mannes schauen. Sie suchen vor allem einen Mann, der sie versorgen kann. Wenn die Frau gut aussieht und aus einer ordentlichen Familie kommt, reicht das vielen Männern als Grundlage für eine Ehe. Mir ist das zu wenig. Ich verehre Frauen, die nicht unbedingt einen Mann brauchen, um glücklich zu sein. Nur findet man die selten."

„Haben Sie denn je eine getroffen?"

„Sie sind aber hartnäckig!"

„Ja. - Und?"

„Haben Sie denn je einen Mann getroffen, der es mit Ihnen aufnehmen kann?"

„Nein, bisher leider nicht. Sollte ich je einem begegnen, dann lasse ich ihn garantiert nicht mehr los. Aber das ist keine Antwort auf meine Frage. Ich kann mir einfach nicht vorstellen, dass Sie niemals eine Freundin hatten", blieb Marlies am Ball. So gesprächig hatte sie ihn selten erlebt. Diese Gelegenheit musste sie unbedingt nutzen, endlich auch den Privatmensch hinter ihrem Chef kennen zu lernen.

„Nun, auch ich habe meine Erfahrungen mit den Frauen gemacht. Aber das ist eine lange Geschichte. Vielleicht erzähle ich sie Ihnen irgendwann einmal bei einem gemütlichen Glas Wein. Jetzt sollten wir uns aber wieder mehr Gedanken über unseren Fall machen. Was schlagen Sie vor, sollten wir als nächstes tun?"

„Wir sollten noch einmal seine Mutter aufsuchen und ihr auf den Zahn fühlen, vielleicht weiß sie doch mehr, als sie bisher erzählt hat", antwortete die Mendel ohne Umschweife und verblüffte damit mal wieder ihren Chef. Der hatte nämlich gehofft, ihr etwas zu denken zu geben und dadurch selbst eine Denkpause zu erhalten.

„An die Geschichte und das Glas Wein werde ich Sie bei Gelegenheit erinnern", schob sie noch hinterher. Und genau davor fürchtete sich Walko. Solche unachtsam gegebenen Versprechen forderte die Mendel immer ein, da kannte sie kein Pardon.

***

Frau Erdmann weigerte sich, die Erkenntnisse von Kommissar Walko und seiner Assistentin zu glauben. Sie bezichtigte sofort die Schachfreunde der Lüge, wenn die behaupteten, Edwin hätte nicht besonders gut Schach gespielt. Sie holte sogar einige alte Urkunden aus der Schulzeit, auf denen die erfolgreiche Teilnahme ihres Sohnes an Schachturnieren bestätigt wurde. Doch die waren über fünfzehn Jahre alt. Urkunden neueren Datums fand sie nicht, was sie aber nicht als Gegenbeweis gelten ließ. Warum hätte ihr Sohn sie anlügen sollen? Sie hatten immer eine offene und ehrliche Beziehung gehabt.

Ja, warum hätte er seine Mutter anlügen sollen? Es hatte in seinem Leben offenbar Dinge gegeben, die er mit ihr nicht besprechen konnte oder wollte. Den beiden Ermittlungsbeamten fiel es nicht leicht, der trauernden Mutter ihre Illusion zu rauben. Es half aber alles nichts wenn sie den oder die Täter erwischen wollten, dann mussten sie hier weiter machen. So weh es ihr auch tat.

Kommissar Walko bat Frau Erdmann um Erlaubnis, ein Foto ihres Sohnes an die Presse zu geben. Er hoffte auf diesem Weg weitere Hinweise auf das mögliche Motiv für die grausige Tat zu erhalten. Denn niemand hatte bisher auch nur eine Ahnung, warum Edwin Erdmann sterben musste. Vor allem seine Mutter konnte sich nicht vorstellen, warum ihr Sohn auf diese Weise aus dem Leben geschieden war. Aber der Gedanke, Edwin könnte durch ein Foto in der Zeitung zu einer traurigen Berühmtheit werden, gefiel ihr gar nicht.

„Nein, das kommt auf gar keinen Fall in Frage", verweigerte sie ganz entschieden ihre Zustimmung. „Tun Sie Ihre Arbeit, aber zerstören Sie nicht das Andenken meines Sohnes. Es ist schon schlimm genug, was passiert ist, es muss nicht auch noch in der Zeitung stehen."

Es wäre in der Tat eine weitere schwere Belastung für die Hinterbliebene und Walko hatte ein gewisses Verständnis, wenn es ihm auch die Arbeit erschwerte. Die Mendel war da ganz anderer Ansicht. Eine Mutter, die ihr einziges Kind auf diese Weise verliert, musste doch an der schnellen Verhaftung der Täter interessiert sein. Es sei denn, sie will etwas verbergen. Marlies vermutete stark, dass Frau Erdmann weit mehr wusste, als sie bisher gesagt hatte.

Doch Frau Erdmanns Gedanken kamen aus einer ganz anderen Richtung. Sie wusste, dass auch eine schnelle Lösung des Falles ihr den Sohn nicht wiederbringen würde. Nichts konnte mehr das ungeschehen machen, was geschehen war. Nichts konnte ihren Schmerz lindern. Sie hatte den Verlust zu ertragen, und für Gerechtigkeit würde schon die Polizei sorgen, das war deren Aufgabe, nicht die der Mutter. Sie wollte kein Racheengel sein, denn sie glaubte fest an eine höhere Gerechtigkeit und war dem Kommissar zutiefst dankbar, dass er ihre Gefühle respektierte und achtete.

6

Der Kommissar und seine Assistentin waren

beide der Meinung, dass das Opfer etwas zu verbergen versucht hatte, was ihm auch sehr gut gelungen sein musste, denn niemand aus seinem privaten oder beruflichen Umfeld hatte etwas bemerkt. Der Verdacht lag nahe, dass es etwas sehr Unfeines gewesen sein musste, denn warum sonst diese Verheimlichung selbst vor der eigenen Mutter? In der Wohnung hatten sie nichts gefunden, was auf ein Doppelleben hinwies. Die Mendel hatte extra die Kontoauszüge überprüft, in der Hoffnung, vielleicht eine Kreditkartenabrechnung zu finden, die auf den Aufenthaltsort an einem dieser mysteriösen Wochenenden hinweisen könnte. Auch hier Fehlanzeige. Entweder hatte er immer privat gewohnt oder aber bar bezahlt. Es fand sich nirgends eine Rechnung oder ein Kassenzettel.

Nichts.

Erdmann hatte sämtliche Spuren verwischt. Solch große Sorgfalt hatte der Kommissar noch nie erlebt. Für die Mendel war das ein klarer Fall von Verdrängung: Erdmann muss diesen Teil seiner Persönlichkeit total abgelehnt haben und hat aus diesem Grund nichts davon in sein eigentlich bürgerliches Leben reingelassen. Und natürlich war ihr schnell klar, welcher Teil es gewesen sein muss: sein Sexualleben.

Der Kommissar stimmte ihrer Vermutung zu, wenn auch eher aufgrund jahrelanger Erfahrung, als aufgrund tiefenpsychologischer Deutungen. Da die Veröffentlichung eines Fotos nicht in Frage kam, entschloss er sich, das Bild an die Kollegen der Sitte zu geben, damit die sich im Rotlichtmilieu mal umhörten. Die hatten einfach die besseren Kontakte und kamen vielleicht eher an brauchbare

Informationen.

Für Marlies Mendel war die bürgerliche Persönlichkeit Erdmanns noch immer zu glatt. Selbst wenn er Stammgast bei Prostituierten war und dort seine „unerwünschten" Verhaltensweisen ausgelebt hatte, so war es doch undenkbar, dass er im übrigen Leben nur positive Seiten hatte. Niemand kann eine solch scharfe Trennung vollziehen, davon war sie überzeugt. Der berufliche Werdegang war zu perfekt und vor allem zu schnell. So sehr sich auch alle bisherigen Vermutungen eher ins dunkle Privatleben richteten, in Marlies´ Phantasie fand das Bild vom allseits beliebten Chef einfach keinen Platz. Bei allem Idealismus, aber daran konnte sie einfach nicht glauben.

Walko meinte, dass sie sich da in etwas verrennen würde. Es soll durchaus solche Menschen und Karrieren geben und ob ihn alle gleich gern gemocht haben oder nicht, sei noch lange kein Motiv.

„Vielleicht erträgt es ja Ihr Ego nicht, dass auch jemand ohne Abitur und Studium Karriere machen kann", versuchte er sie mit ihren eigenen psychologischen Waffen zu schlagen.

„Das hat damit gar nichts zu tun", wehrte sie sich sofort, verzichtete dann aber auf eine Erklärung. Irgendeine Theorie wäre ihr schon eingefallen, aber Walko hatte mit seiner Bemerkung einen empfindlichen Nerv bei ihr getroffen. Offen würde sie es auf keinen Fall zugeben, aber jeder Psychologe war immer in Gefahr, seine eigenen Probleme auf andere zu projizieren, und davor war auch sie nicht gefeit. Und was diesen Erdmann betraf, so war es wirklich nicht mehr als ein Gefühl, eine bloße Ahnung, dass da etwas im Beruf nicht stimmte.

Womöglich war es ihre eigene Abneigung gegen diese snobistischen Banker, die sie hier doch ziemlich verbissen nach der Nadel im Heuhaufen suchen ließ.

Walko hatte einen wissenschaftlichen Redeschwall als Antwort erwartet und war nun enttäuscht über das Schweigen und die plötzliche Nachdenklichkeit seiner Assistentin. Hatte er tatsächlich den Nagel auf den Kopf getroffen? Nun tat sie ihm fast ein bisschen leid, wie sie so da saß, mit gesenktem Haupt, in Falten gelegter Stirn, offensichtlich ziemlich ratlos und vor allem ohne ihren üblichen Elan.

Während er sich den ungeliebten Organisationsvorgängen für die Weitergabe des Fotos an die Kollegen widmete, beobachtete er seine Assistentin immer wieder aus den Augenwinkeln. Sie war noch immer tief in sich versunken, völlig mit ihren eigenen Gedanken beschäftigt und dabei offensichtlich total unzufrieden mit sich selbst. So, als ob sie mit sich selbst kämpfen würde und dabei nur verlieren konnte. Das gefiel dem Kommissar gar nicht. Dann doch lieber den manchmal nervenden Enthusiasmus, der war wenigstens produktiv, und wenn er ganz ehrlich zu sich selbst war, dann mochte er ihre Art sehr, und er hatte noch immer etwas dabei gelernt.

„Ich habe noch einmal darüber nachgedacht", fing er an, „Vielleicht ist ja etwas dran an Ihrer Theorie. Wir sollten auf alle Fälle jeden Zweifel aus der Welt schaffen."

Marlies´ Blick erhellte sich.

„Dann gehe ich gleich morgen zur Bank und versuche meine Zweifel ein letztes Mal zu zerstreuen", erwiderte sie dankbar.

Für heute hatte sie genug. Sie packte alles Unerledigte in ihren Schreibtisch, schloss sorgfältig ab, schnappte ihre Tasche und den Mantel und ließ ihren Chef mit der verabscheuten Schreibtischarbeit zurück.

7

Am nächsten Morgen machte sich Marlies etwas unsicher auf den Weg zur Bank. Walkos Bemerkung hatte sie doch sehr zum Nachdenken gebracht, zumal sie seiner langjährigen Erfahrung große Bedeutung zumaß. Sie wusste, dass ihr Temperament und ihre Phantasie manchmal weit über das Ziel hinaus schossen und auf frischer Tat ertappt zu werden, war unangenehm. Ihr Dickkopf ließ aber nicht locker und so hatte sie sich am Vorabend für alle Fälle noch einmal ein bisschen Theorie über Personalführung angeschaut. Vom Bankgeschäft verstand sie nicht viel, aber sie wusste, dass jemand in Erdmanns Position vor allem mit Personalproblemen konfrontiert wurde. Die fachliche Kompetenz hatte er sicher durch seine jahrelange Erfahrung, aber hatte er auch wirklich die menschliche Reife besessen, um eine solche Abteilung mit immerhin zwanzig Mitarbeitern zu führen?

Seine Mitarbeiter hatten ihn nur gelobt und auch sonst war nirgends auch nur die kleinste Kritik laut geworden. Wer könnte ihr darüber wohl noch Auskunft geben? Wer hat auch die nötige Kritikbereitschaft dazu? Marlies überlegte sich, was sie denn wohl tun würde, wenn sie mit ihrem Chef nicht auskommen würde, und da hatte sie die rettende Idee: der Betriebsrat! Der war doch für solche Fälle da. Dorthin wollte sie heute gehen, vielleicht hatten sie dort ja eine etwas differenziertere Meinung über Erdmann. Wenn die ihn allerdings auch nur lobten, dann wollte Marlies sich in Zukunft mit vorschnellen Äußerungen zurückhalten, damit ihr eine solche Blamage nicht so schnell wieder passierte.

Die Leute vom Betriebsrat waren zwar alle freundlich, aber nicht sehr gesprächig. Sie beriefen sich auf ihre Schweigepflicht. Marlies witterte förmlich, dass sie hier richtig war und ließ nicht locker. Hier hatte man das Opfer bisher nicht gelobt und auch sonst nichts über ihn gesagt - die Taktik war eindeutig, „Wenn Du nichts Gutes über jemanden sagen kannst, dann sage gar nichts".

Erst als sie nochmals darauf hinwies, dass es sich hier um einen äußerst scheußlichen Mord handelte und dass alle Informationen zur Aufklärung des Falles beitragen könnten, kam etwas Offenheit in die bisher total verschlossenen Mienen. Man tauschte vielsagende Blicke aus und schließlich erklärte sich eine Frau Weiser zu einem Gespräch bereit. Sie nahm die Mendel mit in ein kleines Büro, zog eine ziemlich dicke Akte hervor und setzte sich voller Unbehagen an ihren Schreibtisch.

„Bei allen Meinungsverschiedenheiten, die wir hatten", fing Frau Weiser an, „den Tod habe ich ihm nie gewünscht."

Marlies Mendel konnte sich wieder kaum ihre Freude verkneifen, endlich eine Bestätigung für ihre Vermutung zu bekommen.

„Demnach hatten Sie viel mit Herrn Erdmann zu tun?"

„Nicht sehr oft. Und wenn ich Ihnen jetzt etwas über ihn erzählen werde, so möchte ich Ihnen zuvor sagen, dass es mir nicht leicht fällt."

Frau Weiser machte eine kleine Pause, sammelte ihre Gedanken, betrachtete die Akte und gab sich dann einen innerlichen Ruck.

„Herr Erdmann und ich waren uns nicht sehr sympathisch. Deshalb fürchte ich auch, dass meine Ausführungen einseitig negativ geprägt sein werden. Aber leider bin ich die einzige hier, die Ihnen wirklich Auskunft über ihn geben kann."

Das fand die Mendel überhaupt nicht schlimm. Ganz im Gegenteil! Endlich mal eine andere Meinung über diesen Erdmann. Beide Seiten zu hören war von Vorteil, denn die bisher geäußerten Lobpreisungen waren offensichtlich genauso einseitig positiv gewesen. Die Wahrheit liegt immer irgendwo in der Mitte.

Nach einer weiteren kleinen Pause erzählte Frau Weiser dann, dass sie Edwin Erdmann schon sehr lange kannte. Sie hatte damals noch Ausbildung gemacht und er war ihr Lehrling gewesen. Er war damals nicht aufgefallen, weder positiv noch negativ und eigentlich, fand sie, war er ein ganz netter Junge gewesen. Und wie das nun mal so ist mit ehemaligen Schützlingen, hatte sie seinen beruflichen Weg aus der Entfernung ein wenig beobachtet. Im Kundengeschäft war er von Anfang an erfolgreich, ein guter Verkäufer. Er wurde auf Weiterbildungsseminare geschickt, die er mit befriedigendem Erfolg abschloss. Trotzdem wurde er schnell zum Zweigstellenleiter einer kleinen Filiale ernannt, und hier erfüllte er die Erwartungen seiner Vorgesetzten voll und ganz. Nach ein paar Jahren war es eine der erfolgreichsten Filialen überhaupt, mit traumhaften Zuwachsraten. Ein Mann der Praxis, so schien es jedenfalls.

„So schien es jedenfalls?" hakte die Mendel nach.

„Alle waren geblendet von den überdurchschnittlichen Erfolgsraten, dass niemand sich darüber Gedanken machte, wie er sie denn erreicht hatte", erklärte Frau Weiser. „Mich machte das stutzig, denn eigentlich war er immer nur durchschnittlich gewesen. Ich freute mich zwar für ihn, aber es ließ mir keine Ruhe."

Durch ihre Arbeit beim Betriebsrat hatte Frau Weiser dann mehr Einblick in die Personalstruktur im Hause und es war ihr aufgefallen, dass in der Filiale des Edwin Erdmann eine überdurchschnittlich hohe Fluktuation herrschte. Offensichtlich hielt es kein Mitarbeiter lange bei ihm aus.

„Gab es denn keine Beschwerden?"

„Nur im üblichen Rahmen."

„Das finde ich aber seltsam", meinte Marlies.

„Das ging mir anfangs genauso, aber dann wurde mir ziemlich schnell klar warum. In diesem Bereich werden hauptsächlich junge Leute, die gerade erst ihre Ausbildung abgeschlossen haben, eingesetzt. Die sind zuerst noch voller Idealismus, haben jede Menge Elan und vor allem wenig Erfahrung. Eine Zeitlang machen sie mit und wenn sie merken, was läuft, dann versuchen sie einfach in eine andere Filiale oder auf einen anderen Posten zu kommen. Kaum einer traut sich da schon, den Mund auf zu machen. Die wollen alle noch Karriere machen, und außerdem wird es als karriereförderlich angesehen, wenn man viele Stellen kennen gelernt hat."

„Und es hat keiner gemerkt, was da gelaufen ist?" Die Mendel konnte es nicht glauben.

„Ganz im Gegenteil, es wurde sogar noch als besonders gute und harte Schule dargestellt. ´Erfolg hat seinen Preis´ wurde das Ganze gelobt. Und wissen Sie, solange sich niemand dagegen wehrt, können auch wir vom Betriebsrat nichts machen."

Marlies schüttelte den Kopf. Dass solche Methoden noch immer von Erfolg gekrönt waren, konnte sie nicht fassen. Während ihres Studiums hatte sie diese Art der Personalführung als antiquiert, ja eigentlich als ausgestorben kennen gelernt. Hier war mal wieder der traurige Beweis dafür, dass Theorie und Praxis oft nicht viel miteinander zu tun haben.

„Und als Belohnung dafür hat man ihm dann diese Abteilung übertragen?"

„Nicht nur. Da spielten noch andere, politische Entscheidungen eine Rolle."

„Politische?"

„Nun, sein damaliger und jetziger Chef hatte einen Karrieresprung gemacht und wollte seine Macht in seinem neuen Bereich festigen. Was liegt da näher, als altbewährte Leute auf Schlüsselpositionen zu setzen? Auf diese Weise kam Erdmann auf eine Stelle, für die er eigentlich nicht die fachliche Qualifikation besaß. Aber man hatte auch das mit den überaus erfolgreichen Zahlen des bisherigen Filialleiters begründet und hinzugefügt, man müsse auch den Praktikern Karrierechancen bieten und dürfe nicht alles nur von Noten abhängig machen."

„Typische Vetternwirtschaft!"

„Dagegen ist nichts einzuwenden, wenn jemand auch wirklich die nötige Qualifikation hat, aber in diesem Fall hatten wir große Bedenken, die wir auch geäußert haben. Leider ohne Erfolg."

Frau Weiser erzählte weiter, wie innerhalb

kürzester Zeit nach Erdmanns Antritt als Abteilungsleiter über die Hälfte der Mitarbeiter die Abteilung verließen. Eine gewisse Fluktuation entsteht immer, wenn ein neuer Chef kommt, nur für Frau Weiser war das doch sehr auffällig. Es kursierten Gerüchte, dass das Arbeitsklima in dieser Abteilung sich sehr verschlechtert hätte, aber solange niemand offen darüber sprach, konnte der Betriebsrat nichts unternehmen.

„Eines verstehe ich nicht", unterbrach die Mendel, „Warum haben die Mitarbeiter ihn nicht einfach abgesägt? Wenn alle zusammenhalten, dann hat ein neuer Chef doch gar keine Chance."

„So einfach ist das nicht. Was Sie da vorschlagen, kommt einer kleinen Revolution gleich, und dazu sind die wenigsten Menschen bereit. Es ist leichter, den Weg des geringsten Widerstandes zu gehen und sich entweder an die neuen Gegebenheiten anzupassen oder eben die Abteilung zu verlassen."

„Feiglinge!" entfuhr es der Mendel.

„Aus Ihrer Sicht vielleicht, aber Sie dürfen nicht vergessen, dass die Mitarbeiter ja in einem gewissen Abhängigkeitsverhältnis stehen. Wer will sich schon wegen *eines* unsympathischen Chefs die ganze Karriere kaputt machen lassen oder gar den Job verlieren? Da sagt man sich lieber, es ist sowieso an der Zeit etwas Neues zu machen und wahrt so sein Gesicht, auch vor sich selbst."

„Sie haben sicherlich Recht, so einfach ist das wohl nicht", begrub Marlies ihren Idealismus. „Und keiner hat sich je beschwert?" wollte sie noch einmal bestätigt wissen.

„Doch, es gab einen Fall. Vor etwa einem dreiviertel Jahr. Ich möchte Sie aber bitten, mit der betreffenden Person selbst darüber zu sprechen."

Die Neugier der Mendel war nur schwer zu zügeln, doch hier war sie im Moment nicht weiter zu befriedigen, das sah die Mendel ein. Sie wollte auch das Entgegenkommen von Frau Weiser nicht allzu sehr strapazieren.

„Können Sie mir noch den Namen sagen und wo ich die betreffende Person finden kann?"

„Es ist Frau von Strosny, Leocadia von Strosny. Sie arbeitet jetzt in einer anderen Abteilung. Ich führe Sie gerne dort hin."

8

Voller Stolz berichtete Marlies Mendel ihrem Chef von den Ermittlungen, die sie beim Betriebsrat der Bank gemacht hatte. Der Kommissar schien nicht besonders beeindruckt. Erst als sie von der konkreten Beschwerde der Leocadia von Strosny erzählte, wollte er wissen:

„Und, was hat die Dame gesagt?"

„Bisher noch nichts", musste Marlies leider zugeben, „Sie ist momentan krank. Man will mir aber Bescheid geben, sobald sie wieder arbeitet."

„Dann hatten Sie also Recht, was Erdmann betrifft, nur hilft uns das im Augenblick nicht weiter." Walko hatte sich den ganzen Tag mit Verwaltungskram herum geplagt und war schlecht gelaunt.

„Wie lange sagten Sie, ist die Geschichte mit dieser Frau von..."

„...von Strosny", ergänzte die Mendel schnell.

„Also, wie lange ist das jetzt her?"

„Vor etwa einem dreiviertel Jahr war sie beim

Betriebsrat und seit einem halben Jahr ist sie in einer anderen Abteilung."

„Und da glauben Sie ernsthaft, die hätte ein Motiv, nach so langer Zeit?"

Walkos Einwand war wieder mal berechtigt. Frau von Strosny hatte sich zwar beim Betriebsrat beschwert, aber dann schon bald die Abteilung verlassen. Und nach allem, was Marlies nun über das übliche Verhalten von Mitarbeitern in schwierigen Situationen gehört hatte, war anzunehmen, dass auch die Strosny größeren Schwierigkeiten aus dem Weg gegangen war. Selbst wenn sie Erdmann gehasst hätte, hätte sie ihn dann nicht schon eher umgebracht, anstatt mehr als ein halbes Jahr damit zu warten?

Da saßen sie nun. Walko mit schlechter Laune, Marlies mit tiefer Zufriedenheit über ihre richtige Intuition und beides führte zu nichts. Hoffentlich waren die Kollegen von der Sitte erfolgreicher.

**

Es verging einige Zeit, bis sich die Kollegen von der Sitte meldeten. Im Rotlichtviertel der Kleinstadt war Erdmann unbekannt und auch in der Prostituiertenszene der nächsten Metropole hatten die dortigen Kollegen keine Spur gefunden.

Kommissar Walko wurde langsam ratlos. Dieser Erdmann war wirklich gründlich gewesen im Verwischen seiner Spuren. Es war die gleiche Gründlichkeit, die in seiner Wohnung geherrscht hatte. Nirgends auch nur ein Staubkorn, nirgends auch nur ein Hinweis auf die auswärts verbrachten Wochenenden. Aber Walko war sich sicher, dass genau in dieser Richtung nach dem Täter zu suchen war.

Seine Assistentin wartete immer noch auf den Anruf aus der Bank, dass diese Frau von Strosny wieder arbeiten würde, um sie endlich fragen zu können, warum sie sich damals über Erdmann beschwert hatte. Das Warten wurde langsam lang, und um ihren Chef nicht mit ihrer Theorie zu erzürnen, ließ sie sich auf dessen Gedankengänge ein. Sie ging noch einmal alle Fakten durch und fragte sich, was ihr am wenigsten gefallen hat.

Das war Erdmanns Mutter. Eigentlich tat sie ihr ja leid, aber im Grunde war sie ihr zutiefst unsympathisch. Sie strahlte diese alles Leben vernichtende Sterilität aus. Marlies versuchte sich vorzustellen, wie ein kleines Kind in dieser Atmosphäre spielen konnte. Musste es nicht immer aufpassen, keinen Dreck zu machen? Wenn Sauberkeit über alles geht, wie kann sich dann ein normales Verhältnis zum eigenen Körper entwickeln, zur eigenen Sexualität? Ist dann nicht alles „schmutzig", was der Körper ausscheidet?

Marlies las noch einmal ihre Lieblingslektüre, den pathologischen Bericht und fand in dem Hinweis auf Erdmanns vermutlich schlechte Verdauung die Bestätigung für ihre Theorie. „Zu frühe Erziehung zur Sauberkeit bei einem Kleinkind kann zu lebenslangen Problemen führen." Diesen Satz hatte sie irgendwo einmal gelesen und fand ihn nun erwiesen.

Dann dachte sie wieder an die Mutter und deren enges Verhältnis zum Sohn, und plötzlich galoppierte bei der Mendel wieder die Phantasie davon.

„Herr Walko", musste sie ihm ihre Gedanken mitteilen, „Wissen Sie, was diese Verletzungen am

After auch bedeuten können?"

Walko schreckte auf, blickte in das strahlende Gesicht der Mendel und begriff worauf sie hinaus wollte.

„Dass ich da nicht selbst drauf gekommen bin! Natürlich, das ist es, er war schwul!"

Die Mendel lehnte sich enttäuscht in ihrem Stuhl zurück. Dieser Walko war nicht so einfach zu verblüffen. Jetzt konnte er schon fast Gedanken lesen. Das nächste Mal musste sie mit ihrem Wissen geiziger umgehen, damit er ihr nicht wieder so schnell folgen konnte.

„Frau Mendel, Sie sind wirklich gut!" lobte Walko seine Assistentin. „Jetzt haben wir endlich wieder eine Spur, der wir folgen können."

Er griff mit ungewohntem Elan zum Telefonhörer, wählte eine Nummer und verabredete sich mit seinem Freund Richard. Mit Schwung packte er den ganzen Berg von Verwaltungskram, schmiss ihn fast in den Schrank, schloss ab, schnappte seine Jacke und verabschiedete sich mit den Worten:

„Schönen Tag noch, Frau Mendel."

Marlies war baff, das war neu. So schnell und gut gelaunt hatte ihr Chef noch nie diese gebohnerten Büroräume verlassen. Und noch ehe sie begriffen hatte, dass sie nun alleine die Stellung halten musste, kam er noch einmal zurück und sagte:

„Ach ja, es kann sein, dass ich morgen nicht ins Büro komme. Machen Sie sich aber deshalb keine Sorgen."

´Na warte´, dachte sie, ´Dann mach ich eben auch, was ich will´.

Als erstes rief sie in der Bank an und erfuhr, dass die Strosny noch immer krank war und wohl auch nicht so schnell wieder kommen würde, da sie offenbar in einer Klinik war. Auf ihr Drängen teilte man ihr dann netterweise mit, woher die Krankmeldungen kamen. Als nächstes ließ sie sich bei dem betreffenden Arzt einen Termin für den nächsten Tag geben.

Mochte Walko sich mit seinem Freund amüsieren, die Mendel würde jedenfalls die Gunst seiner Abwesenheit nutzen, um eigene Ermittlungen anzustellen.

9

Als Marlies Mendel am übernächsten Morgen ins Büro kam, erwartete sie freudestrahlend Kommissar Walko. Seine Verabredung war sehr erfolgreich gewesen, wie er seiner ziemlich ruhigen Assistentin erzählte, kaum dass sie ihren Schreibtisch aufgeschlossen hatte.

Sein Freund Richard war ein alter Schulfreund, der sich im Schwulenmilieu recht gut auskannte. Mit ihm hatte Walko eine Tour durch die Szene gemacht und war so auf sehr interessante Informationen gestoßen.

„Sie hatten ganz recht mit Ihrer Vermutung", lobte Walko noch einmal großmütig seine Assistentin, „Dieser Erdmann hatte tatsächlich homosexuelle Neigungen."

„Ach, tatsächlich?" giftete die Mendel. „Und Ihr *Freund* wohl auch?"

„Na, na, Frau Mendel, was soll denn dieser missgelaunte Ton am frühen Morgen? Wohl schlecht geschlafen, was?" Walko ließ sich nicht provozieren, dafür war er zu gut gelaunt. Stattdessen meinte er:

„Sie sollten Richard einmal kennen lernen, er ist wirklich ein feiner Kerl und gut aussehen tut er auch noch!"

„Das tun die meisten Schwuchteln", erwiderte sie nur.

„Gut, dass er das nicht gehört hat, es hätte ihn wirklich verletzt", sagte er in einem ziemlich scharfen Ton. Marlies merkte erst jetzt, was sie da von sich gegeben hatte.

„Sie haben Recht, das war nicht fair; was ich eben gesagt habe, tut mir leid. Und Sie haben auch Recht, was die letzte Nacht betrifft, ich habe tatsächlich schlecht geschlafen. Man sollte seine schlechte Laune nicht an Unschuldigen auslassen. Ich hoffe, Sie verraten mich nicht bei Ihrem Freund", versuchte sie wieder einzulenken.

Walko ließ sich milde stimmen.

„Haben Sie denn eine brauchbare Spur gefunden?" wollte die Mendel nun doch wissen.

„Also hier in der Stadt hat man Erdmann lange nicht mehr gesehen, aber in der Großstadt hatten wir Glück. Dank Richards vieler Freundschaften trafen wir ein paar Leute, die das Opfer zumindest vom Sehen kannten. Allerdings gaben die uns sehr unterschiedliche Auskünfte."

„Ja, - und?"

Walko genoss das wachsende Interesse seiner Assistentin.

„Die einen sagten, dass er eine feste Beziehung hätte."

„Und die anderen?" Marlies wurde ungeduldig. Ihr Chef spannte sie bewusst auf die Neugierfolter. Das war seine Art der Rache für ihre morgendliche Entgleisung. Aber was blieb ihr übrig?

Aus lauter Wissbegier spielte sie sein Spiel mit.

„Die anderen..." Walko machte eine Pause, lehnte sich zurück und tat, als müsse er erst noch überlegen, was die anderen gesagt hatten.

Marlies ließ ihre langen Fingernägel auf der Tischplatte tanzen und blickte ihren Chef herausfordernd an. Wenn er jetzt nicht bald rausrückte mit der Sprache, dann würde sie ihm seine Strategie verderben. Walko grinste vor sich hin. So gezappelt hatte die Mendel schon lange nicht mehr, das musste er auskosten.

„Er stand wohl auf Strichjungen, was?" Der Mendel wurde es schließlich zu dumm.

„Gut kombiniert", kommentierte der Kommissar gönnerhaft, was Marlies noch mehr auf die Palme brachte.

„So so, da war dieser Edwin untreu und das auch noch auf die billige Tour. Da haben wir also das Motiv: Mord aus Eifersucht", bemerkte die Mendel und tat ganz abgeklärt.

„So ist es, Frau Mendel. Jetzt brauchen wir nur noch den Freund zu finden und der Fall ist aufgeklärt."

„Sie sind sich Ihrer Sache aber sehr sicher. Und was ist mit diesem langen blonden Haar, das am Tatort gefunden wurde?"

„Nun, das ist ganz einfach: Sein Freund soll lange blonde Haare haben."

Das Ganze gefiel der Mendel überhaupt nicht. Es ging ihr alles zu schnell. Wo blieb der ganze berufliche Aspekt, von dem sie so sicher war, dass er mit dem Fall zu tun hatte?

„Und wenn er es nun nicht war?" versuchte sie ihren Chef zu verunsichern.

„Dann war es einer der Strichjungen." Walko war sich sicher und stolz auf seine Intuition. Vor lauter Selbstzufriedenheit konnte er sich nicht verkneifen zu sagen:

„War wohl nichts mit Ihrer Leocadia von Strosny, was?"

Heute war wirklich nicht der Tag von Marlies Mendel. Walkos Theorie war so gut, dass sie sich nicht traute, von ihren mageren Ermittlungsergebnissen vom Vortag zu berichten. Sie hatte zwar mit dem behandelnden Arzt der Frau von Strosny gesprochen, doch der hatte sich auf seine Schweigepflicht berufen und nichts rausgelassen. Das Einzige was Marlies erfahren hatte war, dass die Strosny seit dem Montag nach dem Mord in der Klinik war. Dieses Datum und die Tatsache, dass es eine psychiatrische Privatklinik war, fand die Mendel schon sehr verdächtig, aber davon erzählte sie ihrem Chef heute besser nichts. Der wäre imstande und würde sie den ganzen restlichen Tag damit ärgern. Nein danke, heute ärgerte sie sich schon selbst genug, da brauchte sie nicht auch noch den Spott anderer.

10

Der Freund des Opfers wurde tatsächlich schnell gefunden. Er hieß Ralf Müller und arbeitete als Modeverkäufer bei einem noblen Herrenausstatter. Kommissar Walko hatte ihn zu einem Verhör geladen. Marlies war sehr gespannt, was das wohl für eine Persönlichkeit war, die mit diesem Erdmann ein Verhältnis gehabt hatte.

Als er etwas unpünktlich und außer Atem eintrat, war sie enttäuscht. Es war ein schmächtiges

Kerlchen, das noch sehr pubertär wirkte, dabei war er schon dreiundzwanzig Jahre alt - da half auch der edle Designeranzug nichts, den er etwas zu lässig trug. Er hatte wirklich lange blonde Haare, zu einem einfachen Zopf zusammen gebunden, wie es in der Herrenwelt Mode war. Marlies fand, dass er zwar über alle modischen Attribute verfügte, die aber über seine Unscheinbarkeit nicht hinweg täuschen konnten. Sie steckte ihn sofort in die Schublade „Möchtegern-Gigolo".

Walko begrüßte Müller äußerst freundlich und half ihm sogar aus dem Mantel. Die Mendel zeigte sich auch von ihrer besten Seite, nahm ihrem Chef den Mantel beflissen ab und verschwand aus dem Büro. Nach ein paar Minuten kehrte sie samt Mantel zurück und hängte das teure und wie Marlies fand, geschmacklose Stück nachlässig an den Haken. Das Verhör konnte beginnen.

Dieser Ralf Müller wirkte unsicher und nervös. Ja, er hatte Edwin Erdmann gekannt und ja, sie hatten ein Verhältnis miteinander gehabt, das aber schon eine Weile beendet gewesen sei. Es hatte über zwei Jahre gedauert, aber schließlich hätte er, Ralf Müller, sich von Edwin getrennt.

„Und warum?" wollte Walko wissen.

„Jede Beziehung ist irgendwann einmal zu Ende", antwortete Müller schlicht.

„Aber nicht ohne Grund", warf die Mendel ein. „Lag es vielleicht daran, dass er Sie laufend mit anderen betrog?"

Müller zuckte zusammen. Darüber hatte er eigentlich nicht reden wollen, denn es hatte ihn sehr verletzt. Da es nun aber bekannt war, gab er zu, dass dies der Grund für die Trennung gewesen sei.

„Wann haben Sie sich denn von ihm getrennt?" fragte der Kommissar.

„Vor etwa einem halben Jahr."

„Und warum waren Sie dann nicht auf der Beerdigung?" kam von der Mendel.

"Ich habe erst später durch Zufall davon erfahren."

„Von wem?" wieder Walko.

„Ein Kunde von uns, der auch in der Bank arbeitet, hat mir davon erzählt."

„Wusste der denn, dass Sie das Opfer näher kannten?" wollte die Mendel wissen.

„Ich glaube nicht. Es sollte ja überhaupt niemand etwas davon wissen. Edwin und ich haben immer versucht, alles geheim zu halten, um beruflich keine Nachteile zu haben. In den Medien wird zwar viel von Toleranz gesprochen, aber die Wirklichkeit sieht anders aus."

Marlies notierte sich den Namen des Kunden. Diese Angaben wollte sie später noch überprüfen. Seine Erklärungen waren einleuchtend, wenn sie auch nicht glaubte, dass dies Ralf Müllers ureigene Gedanken waren. Es schien ihr eher, als habe da der karriereorientierte Edwin Erdmann nachhaltigen Einfluss ausgeübt.

Der Kommissar kam nun auf die Mordnacht zu sprechen. Müller zog einen Taschenkalender aus seinem Jackett und versuchte zu rekonstruieren, was er an jenem Samstag gemacht hatte. Leider hatte er sich keine Notizen über diesen Abend gemacht, nach längerem Überlegen kam er zu dem Schluss, dass er wohl alleine zu Hause gewesen sein musste, sicherlich früh zu Bett gegangen war und ansonsten nicht viel passiert sei. Zu seinem Bedauern konnte er keinen

Zeugen dafür nennen, da er alleine lebte.

Kommissar Walko versuchte, ihn aus der Ruhe zu bringen: „Wir haben aber ein Haar von Ihnen am Tatort gefunden."

„Das ist ganz unmöglich", bestritt Müller energisch, „Ich war schon sehr lange nicht mehr in Edwins Wohnung."

Marlies verließ das Zimmer. Der Kommissar lehnte sich zurück, fasste einen Bleistift an beiden Enden und beobachtete Ralf Müller mit direktem Blick. Dieser lehnte sich ebenfalls zurück und sah sich unsicher im Büro um. Walko schwieg und Müller fühlte sich offensichtlich immer unwohler. Es schien eine Ewigkeit zu dauern, bis endlich die Tür aufging und die Mendel wieder zurückkam. Verstohlen schüttelte sie mit dem Kopf.

„Dann vorerst einmal vielen Dank, dass Sie hierher gekommen sind", verabschiedete der Kommissar den völlig überraschten und sichtlich erleichterten Müller, „Aber bitte halten Sie sich zur Verfügung, es könnte durchaus sein, dass wir Sie noch einmal befragen müssen."

„Natürlich, Herr Kommissar."

Ralf Müller schnappte seinen Mantel und verließ fast fluchtartig das Büro.

„Tut mir leid, Herr Walko, aber die Spurensicherung ist sich völlig sicher. Das Haar stammt nicht von Müller", sagte Marlies.

„Wie bitte? Nicht von Müller?" Fassungslos sah Walko sie an. Die mangelnde Übereinstimmung der Haarproben war für den Kommissar eine gewaltige Enttäuschung.

„Dieser Ralf Müller war der Täter, da war er sich ganz sicher. Aber ohne Beweise und ohne

Geständnis war im Moment nichts zu machen. Und das Motiv war Eifersucht, das stand fest. Erdmann hatte seinen Freund häufig betrogen, irgendwann war es wohl einmal zu viel gewesen.

„Dieser Müller ist der Täter, das habe ich an seinem Angstschweiß gerochen", meinte Walko trotzig.

Marlies war sich da nicht so sicher, wenngleich auch sie keinerlei Sympathien für Müller hegte. Um ihrem Chef nicht direkt zu widersprechen, sagte sie: „Zutrauen würde ich es ihm, aber wäre er in der Lage alle Spuren so sorgfältig zu verwischen? Und was ist mit den Lippenstiftspuren auf dem zweiten Glas? Vielleicht war doch eine Frau an jenem Abend bei Erdmann. Eine Frau mit langen blonden Haaren."

„Und er ist es doch", beharrte der Kommissar dickköpfig. Seine Assistentin hatte natürlich recht mit ihren Einwänden, eine andere Person hatte dieses Haar dort auf dem Sofa verloren und aus dem Glas getrunken, vermutlich eine Frau. Und trotzdem war er sich absolut sicher, dass der Täter eben noch vor ihm gesessen hatte. Wenn das alles auch keinen Sinn ergab.

„Ich glaube auch, dass er uns heute belogen hat", versuchte Marlies ihren Chef zu trösten, „Seine Trennung von Erdmann vor einem halben Jahr kann ich mir zum Beispiel überhaupt nicht vorstellen. So viel Persönlichkeit hat der nicht. Es war eher andersrum, wenn überhaupt."

„Genau das glaube ich auch", pflichtete Walko bei. „Überhaupt war der mir zeitweise zu selbstsicher mit seinen Behauptungen. Alleine schon das fehlende Alibi hat er uns ziemlich cool verkauft. Nein, unschuldig ist der nicht. Er war garantiert an jenem Abend dort."

„Und wenn es nun zwei Täter gibt? Diesen Ralf Müller und eine Frau? Womöglich besteht da eine Komplizenschaft, an die wir bisher noch gar nicht gedacht haben. Denn alleine wäre der doch zu so einer Tat gar nicht fähig. Vielleicht beruht seine Selbstsicherheit ja auf einer Abmachung." Marlies war wieder in ihrem Element. So könnte es gewesen sein - und in ihrem Hinterkopf kreiste schon wieder der Name Leocadia von Strosny.

„Ich gehe gleich mal zur Bank und überprüfe Müllers Geschichte über den gesprächigen Kollegen von Erdmann", bot die Mendel an, mit dem Hintergedanken, anschließend noch einmal bei Frau Weiser vorbei zu schauen. Vielleicht würde sie ihr doch noch etwas über den Fall Strosny erzählen.

„Gute Idee, ich komme mit." Walko stand auf und schnappte sich seinen Mantel. Der Mendel war das gar nicht recht, aber was sollte sie machen. Naja, unterwegs würde ihr schon etwas einfallen.

11

Auf dem Weg zur Bank überlegte Marlies krampfhaft, wie sie ihren Chef für eine Weile ablenken könnte, damit sie ungestört mit Frau Weiser sprechen konnte. Es wollte und wollte ihr nichts einfallen. Sie würde ihn wohl oder übel mitnehmen müssen. Nur, wie sollte sie ihm das erklären, ohne dass er sich wieder über ihre „fixe Idee", wie er es nannte, lustig machen würde?

Der Kollege von Erdmann bestätigte tatsächlich die Geschichte von Ralf Müller, dass beim letzten Einkauf über den Mord gesprochen worden war. Allerdings meinte der Kollege, dass nicht er mit dem Thema angefangen habe, sondern dieser Verkäufer. Müller habe Erdmann lange nicht mehr gesehen, und wollte wissen, ob es ihm gut ginge. Erst daraufhin hatte er von Erdmanns Tod erzählt, weil er wusste, dass Erdmann ebenfalls Stammkunde in diesem Geschäft war und es erschien ihm eigentlich sehr freundlich, dass man sich dort nach dem Befinden der Kunden erkundigte. Ja, das war nach der Beerdigung.

Walko war nicht entzückt über diese Aussage. Wenn dieses Gespräch auch geschickt eingefädelt worden war, so konnte man es doch nicht als Indiz gegen Müller verwenden. Es war jedenfalls kein Beweis für eine Falschaussage. Der Kommissar wusste nicht weiter.

Marlies registrierte diese Ratlosigkeit und nahm allen Mut zusammen, als sie ihrem Chef vorschlug:

„Wenn wir schon einmal hier sind, dann lassen Sie uns doch noch beim Betriebsrat vorbeischauen."

„Was wollen Sie denn da?" kam barsch von Walko.

„Mir ist da noch etwas unklar und vielleicht kann Frau Weiser mir weiterhelfen."

„Und was ist Ihnen unklar?" Er machte es ihr nicht leicht.

„Ich will wissen, ob die Strosny lange blonde Haare hat", ließ die Mendel endlich die Katze aus dem Sack.

„Dann haben Sie aber noch immer kein Motiv!"

„Aber dann gehe ich noch mal in die Klinik

und spreche mit ihr!"

„Wieso noch mal?"

Marlies wurde knallrot im Gesicht. Jetzt hatte sie sich trotz aller Vorsicht doch verplappert. So ein Mist!

„Jetzt aber raus mit der Sprache!" forderte Walko sie auf. Er konnte es nicht ausstehen, wenn sie hinter seinem Rücken Ermittlungen anstellte, ohne ihn darüber zu informieren.

Sie erzählte ihm, dass sie herausgefunden hatte, seit wann die Strosny krank war und dass sie sich in einer privaten psychiatrischen Klinik aufhielt. Marlies gestand, dass sie bereits dort war, aber leider ohne Erfolg, da der Arzt sich auf seine Schweigepflicht berufen und auch einen Besuch bei der Patientin entschieden abgelehnt hatte.

„Und warum haben Sie mir das nicht schon früher erzählt?"

„Ihre Theorie ist bestechender", versuchte die Mendel sich rauszureden.

Der Kommissar wusste nicht, ob er nun wütend sein oder sich bestätigt fühlen sollte. Die Mendel hatte natürlich recht, seine Theorie ist einleuchtend, aber trotzdem ärgerte ihn ihre Eigenmächtigkeit. Andererseits hatte sie immer ein gutes Gespür für die Zusammenhänge. Wenn sie nun schon einmal hier waren, warum sollten sie nicht noch beim Betriebsrat vorbeischauen?

***

Frau Weiser freute sich über den Besuch von Marlies Mendel. Das letzte Gespräch war ihr noch sehr angenehm in Erinnerung. Marlies stellte ihren Chef als „Kollege Walko" vor, was dieser mit einem gezwungenen Lächeln hinnahm, aber sofort nach einer Revanche suchte. Dann erzählte sie Frau Weiser davon, dass sie bisher leider keine Möglichkeit gehabt hatte, mit Frau von Strosny Kontakt aufzunehmen und sie deshalb heute noch einmal bitte, über den Fall zu sprechen.

Frau Weiser lehnte erneut ab mit dem Hinweise auf die Vertraulichkeit, die sie in ihrer Position wahren müsse. Sollte Frau von Strosny aber einverstanden sein, dann wäre sie gerne bereit, zu berichten.

„Dann noch eine Frage, bevor wir wieder gehen", kam Marlies auf ihre eigentliche Absicht zu sprechen, „Wie sieht Frau von Strosny eigentlich aus?"

„Oh, da haben Sie aber Glück, ich habe zufällig ein paar Fotos von unserem letzten Betriebsausflug hier", sagte Frau Weiser und kramte in ihrer Schreibtischschublade. Dann zeigte sie ihren beiden Gästen ein Foto von einer hübschen jungen Frau mit langen blonden Haaren.

„Das Bild ist vor etwa einem Jahr aufgenommen worden. Ich wollte es Lea schon lange mal schicken, aber wie das so ist, man vergisst es doch immer wieder."

„Lea?" fragte der Kommissar.

„Ach Entschuldigung, natürlich Frau von Strosny. Sie heißt zwar Leocadia mit Vornamen, aber ihre Freunde nennen sie alle nur Lea", erklärte Frau Weiser.

„L e a", wiederholte Walko sehr sanft und zart. Sein Blick haftete wie hypnotisiert auf dem Foto. Marlies hielt es für besser, sich jetzt zu verabschieden. Ihr Chef hatte Feuer gefangen und war genau in der richtigen Stimmung für einen Besuch in der Klinik.

12

Der Kommissar ließ ausnahmsweise seine Assistentin den Wagen fahren. Marlies fand ihn seltsam ruhig. Sein Blick schien in eine unbekannte Weite gerichtet, die Gedanken jenseits seiner unmittelbaren Umgebung. Wie dem auch sei, sie waren auf dem Weg zur Klinik, um endlich Marlies Neugierde zu befriedigen. Was wollte sie mehr?

Es war eine alte Jugendstilvilla, die heute die kleine Privatklinik eines Professors für Psychiatrie beherbergte. Marlies liebte die Atmosphäre, die von diesem alten Gebäude mit seinem herrlich angelegten Park ausging. Hier fühlte sie sich sofort in eine vergangene Zeit versetzt, in der sie gerne gelebt hätte - natürlich als schwerreiche Erbin, nicht als armes Dienstmädchen. Zumindest in ihrer Phantasie musste das schön gewesen sein. Sie sah sich mit wehendem Schal in einem riesigen Cabriolet vorfahren, von Bediensteten herzlich empfangen, in einem Chiffonkleid die Treppe hinauflaufen und in die Arme ihres Geliebten fallen.

„Guten Tag Frau Mendel", wurde sie jäh aus ihrem Tagtraum gerissen. Dr. Jonda begrüßte sie, sah aber ihrem Traumgeliebten überhaupt nicht ähnlich.

„Ich bin Kommissar Walko. Da meine Assistentin bei ihrem letzten Besuch hier leider *überhaupt* nicht erfolgreich war, entschloss ich mich, selbst mit Ihnen zu sprechen, Herr Doktor." Das war Walkos Rache für den „Kollegen" beim Betriebsrat. Marlies nahm es hin, Hauptsache er ermittelte nun endlich in der von ihr gewünschten Richtung.

„Ich kann Ihnen aber auch nicht mehr sagen,

als ich bereits Ihrer Assistentin erzählt habe. Meine Schweigepflicht verbietet es mir."

Das war ziemlich wenig Entgegenkommen und sehr viel Schweigepflicht. Walko wurde stutzig. Bisher hatte er noch keinen Arzt kennen gelernt, der sich so schnell auf seinen Ehrenkodex berief. Die Mendel hatte womöglich recht, dass hier irgendetwas nicht stimmte. Eigentlich war er nur mit hierher gekommen, um Lea persönlich kennen zu lernen. Nun musste er wohl doch ernsthaft ermitteln.

„Es geht um das Alibi von Frau von Strosny. Wenn Sie, Herr Dr. Jonda, uns darüber Auskunft geben können, dann werden wir Ihren Rat natürlich befolgen und Frau von Strosny nicht stören. Falls Sie das aber nicht können, dann muss ich leider darauf bestehen, mit ihr persönlich zu sprechen."

Marlies sah ihren Chef verwundert an. Was waren das auf einmal für Töne? Woher kam dieser plötzliche Sinneswandel? Wenn es auch ganz in ihrem Sinne war, so ganz geheuer war es ihr nicht. Irgendetwas ging in Walko vor, was ihr nicht gefiel.

Dr. Jonda schwieg eine Weile. Er war ein noch recht junger Mann, der hier als Stationsarzt angestellt war. Schließlich meinte er:

„Über das Alibi kann ich Ihnen leider keine Auskunft geben. Aber ich bezweifle, dass die Patientin selbst Ihnen da weiterhelfen kann."

„Wieso?" kam gleichzeitig von Walko und der Mendel.

„Nun, sie ist im Augenblick nicht ansprechbar. Sie befindet sich in einer Art autistischem Zustand, das heißt sie reagiert nicht auf ihre Umwelt."

„Kommt das von der medikamentösen

Behandlung?" wollte Marlies wissen.

„Nein." Dr. Jonda blieb knapp in seinen Erläuterungen.

Walko war so neugierig auf Lea, dass er auf einem Zusammentreffen bestand. Er drohte gar mit einer Vorladung aufs Präsidium, falls der Arzt nicht zustimmen sollte. Zähneknirschend erklärte sich Dr. Jonda schließlich bereit und verließ das Sprechzimmer, um seine Patientin zu holen. Marlies freute sich über das energische Vorgehen ihres Chefs, wenn auch aus ganz anderen Gründen.

Erst nach fast einer halben Stunde kam Dr. Jonda mit Leocadia von Strosny zurück. Sie war zart, wirkte zerbrechlich und noch schöner als auf dem Foto, das musste selbst die Mendel neidvoll zugeben. Mit etwas Make-up auf dem blassen Gesicht hätte sie geradewegs dem Titelbild eines Modejournals entsprungen sein können, wenn da nicht dieser blinde Blick gewesen wäre. Ja, es war ein Blick wie der von Blinden, irgendwohin gerichtet und doch nichts sehend. Doch Lea war nicht blind, es war ihr psychischer Zustand, der ihr die Augen vor dem Leben verschlossen hatte. Die langen blonden Haare waren streng aus dem Gesicht gekämmt und zu einem einfachen Zopf im Nacken gebunden. Das Blond war echt, das bestätigte der kritische Blick der Mendel und selbst in dem jämmerlichen Zustand, in dem sich die Frau befand, glänzten ihre Haare, als ob die Sonne sich in ihnen spiegelte.

Eine Weile schwiegen alle. Walko starrte Lea an, als wolle er sich jede Einzelheit ihres Gesichts unauslöschlich in seine Erinnerung malen. Marlies suchte verzweifelt nach irgendeinem Schönheitsfehler und gab schließlich ergebnislos auf. Der Blick ihres

Chefs machte sie wütend, aber als sie Dr. Jonda beobachtete, der genauso hingebungsvoll die Strosny anstarrte, dachte sie resignierend: ´Der typische Mann kann eben besser sehen als denken!´

Schließlich setzte sich Marlies neben die Strosny und erzählte ihr in einem ungewöhnlich weichen Tonfall, wer die Besucher waren, dass sie im Mordfall Edwin Erdmann ermittelten und im Verlaufe dessen auch auf ihren Namen gestoßen seien. Der Besuch hier habe eigentlich den Hintergrund, mehr über das Opfer zu erfahren, auch über dessen eventuelle berufliche Probleme, die bisher völlig im Dunkeln lägen. Sie habe bereits mit Frau Weiser gesprochen, doch die habe eine Auskunft verweigert. Deshalb wollte sie sie nun persönlich bitten, zu erzählen. Es würde ihr und dem Kommissar ungemein weiterhelfen.

Marlies schwieg eine Weile, hoffte auf eine Reaktion der Strosny, doch die blieb in ihrer eigenen Welt, so, als ob sie überhaupt nicht anwesend wäre.

„Ich sehe, dass Sie mir im Moment nicht antworten können", sagte Marlies, „Aber vielleicht können Sie Frau Weiser die Erlaubnis geben, uns davon zu erzählen. Sie würden uns damit wirklich eine ganz große Hilfe leisten."

Lea blieb stumm und regungslos wie zuvor. Die Mendel verabschiedete sich mit den besten Wünschen für eine baldige Genesung und dankte auch dem Doktor nochmals für seine Hilfe. Dann fasste sie ihren Chef am Arm und zog ihn mit sich aus dem Zimmer, die schöne Treppe hinunter zum Dienstwagen, der leider kein großes Cabrio war.

Auf dem Rückweg schwiegen beide. Walko war zu beeindruckt von Leas Erscheinung und

Marlies zu zufrieden mit dem Gespräch. Die Saat war gesät, die Erntezeit würde bald kommen.

13

Es verging einige Zeit, bis der Kommissar sich wieder ganz auf den Fall konzentrieren konnte. Er hatte viel über die Ereignisse in der Klinik nachgedacht, vor allem über Lea von Strosny. In der Tatsache, dass sie genau seit dem Montag nach dem Mord in der Klinik war, sah er keinen direkten Zusammenhang zur Tat. Wenn sie etwas damit zu tun gehabt hätte, wäre sie dann nicht schon in jener Nacht oder am darauf folgenden Sonntag eingeliefert worden? Der Zeitabstand war zu groß für einen dringenden Tatverdacht.

Je länger er über das Ganze nachdachte, desto seltsamer erschien ihm plötzlich die sanfte Vorgehensweise seiner Assistentin. Sie hat doch Lea im Verdacht und wollte das Alibi überprüfen, warum hat sie es eigentlich nicht getan? Und warum hat sie mit Lea so lange gesprochen, wo doch ganz offensichtlich war, dass die nichts verstand?

Marlies musste schmunzeln, als ihr Chef sie endlich danach fragte.

„Ach, das ist ganz einfach", erklärte sie voller Stolz, „Dr. Jonda meinte ja, dass sich die Strosny in einer Art autistischem Zustand befände. Plötzlich fiel mir ein, dass ich mal irgendwo gelesen habe, dass diese Patienten zwar nicht auf ihre Umwelt reagieren, dass sie aber sehr wohl mitkriegen, was um sie herum geschieht. Und da dachte ich mir, erzähl ihr einfach, worum es geht und bitte sie um Mithilfe. Wenn meine Theorie stimmt, dann wird sie irgendwann später reagieren, und wenn wir dann noch etwas Glück haben, wird uns Frau Weiser all das erzählen, was ich so gerne wissen möchte."

„Dann hätten Sie sie ja auch nach ihrem Alibi fragen können. Sie haben sie doch stark in Verdacht!"

„In Verdacht habe ich sie, aber ich glaube kaum, dass sie uns helfen würde, wenn sie das wüsste. Dann würde ihr Schutzmechanismus eher noch stärker werden."

„Na, da bin ich ja mal gespannt, ob Frau von Strosny Ihnen auf den Leim geht", meinte Walko lakonisch. Vor allem war er gespannt, wie lange die Mendel wohl geduldig warten würde.

Der Kommissar rief seine Gedanken zur Ordnung und lenkte sie wieder in Richtung Ralf Müller. Dass er der Täter war, stand für ihn außer Frage. Die einzige Frage, die sich stellte, war: Wie bringt man ihn zu einem Geständnis? Da ihm nichts Besseres einfiel und von seiner Assistentin auch keine Anregung kam, versuchte er es mit der altbewährten Methode des Druckausübens.

Zuerst besuchte er Müller beim Herrenausstatter, tat so, als ob er einen Anzug kaufen wollte und erzählte nebenbei von dem Verdacht, dass an jenem Mordabend wohl eine Frau bei Erdmann gewesen sei, die als Täterin in Frage käme. Müller schien erleichtert und wurde immer freundlicher, war schließlich sogar bereit, dem Kommissar einen großzügigen Nachlass auf den Anzug zu gewähren und wollte ihm eine bereits gebundene Krawatte noch gratis dazu geben. Doch Walko war der Anzug immer noch zu teuer. Außerdem hätte man das als Beamtenbestechung auslegen können, und an die Kommentare der Mendel wollte er erst gar nicht denken, wenn er in diesem topmodischen Anzug ins Büro käme.

Der Kommissar ließ ein paar Tage vergehen und lud Müller dann mit einem offiziellen Brief zu einem weiteren Gespräch ins Präsidium ein. Müller kam wieder zu spät, doch diesmal begrüßte er den Kommissar wie einen alten Freund, den er auf eine Tasse Kaffee besuchen wollte. Walko war nicht entzückt und schlug sofort einen sehr unfreundlichen, ja strengen Ton an. Was er sich eigentlich einbilde, zu diesem Termin zu spät zu kommen. Das zeigte umgehend Wirkung, denn Ralf Müller wurde blass und sehr nervös. Walko setzte noch einen drauf: „Ich halte Sie für den Mörder. Wenn ich es im Moment auch noch nicht beweisen kann, so dürfte es aber nur eine Frage der Zeit sein, bis Sie hinter Schloss und Riegel sitzen!"

Müller schluckte. Walko meinte, ihn zittern zu sehen und erwartete in den nächsten Minuten zuerst einen Tränenausbruch und dann das Geständnis. Stattdessen schwieg der Verdächtigte, sammelte alle Kraft und stellte schließlich mit absoluter Beherrschtheit die Frage: „Kann ich jetzt gehen?"

Der Kommissar war baff. So viel psychische Stärke hätte er diesem Bürschchen gar nicht zugetraut. In diesem Ton weiter zu machen, würde den Widerstand in Müller verstärken, es wäre reine Kraftverschwendung und würde doch zu nichts führen. Ohne handfeste Beweise war es auch rechtlich nicht tragbar, ihn länger hier zu behalten. Müller wusste nun woran er war, sollte er ruhig gehen. Walko konnte warten bis zum richtigen Zeitpunkt.

Marlies schätzte diese ruhige und besonnene Art sehr an ihrem Chef. Nichts war ihr unangenehmer als unkontrollierte Wutausbrüche. Leider ließen ihre eigene Ruhe und Geduld langsam nach. Die erhoffte Reaktion in Form eines Anrufes von Frau Weiser blieb bisher aus. Hatte die Strosny womöglich doch nichts von diesem Gespräch mitbekommen?

Kommissar Walko beobachtete mit leisem Vergnügen die wachsende Ungeduld seiner Assistentin, die sich in einer steigenden Unlust an der täglichen Arbeit deutlich zeigte. Selbst das letzte Verhör von Ralf Müller hatte sie nicht wirklich interessiert. Sie verlor zwar kein Wort darüber, aber er wusste doch, was sie die ganze Zeit beschäftigte. Langsam störte es ihn, denn die Zusammenarbeit war nicht mehr so fruchtbar wie sonst. Um der Mendel einen Gefallen zu tun, aber auch um Lea wieder zu sehen, meldete er sich heimlich zu einem Besuch in der Klinik an. Dr. Jonda hatte zwar immer noch große Bedenken, aber Walko konnte ihn davon überzeugen, dass sich sein Besuch nur positiv auf den Gesundheitszustand der Patientin auswirken könne, da er ihr schließlich mitteilen wolle, dass sie über jeden Verdacht erhaben sei. Als Lea endlich kam, blieben ihm zunächst wieder die Worte im Halse stecken. Doch dann nahm er allen Mut zusammen und sprach sie an. Sie reagierte nicht. Trotzdem blieb seine Stimme fest und er erzählte ihr von seinen Ermittlungen in Richtung Privatleben des Opfers und dass der Täter ganz eindeutig dort zu suchen sei. Ja, eigentlich habe er den Mörder auch schon gefunden, doch bisher könne er ihm noch nichts beweisen, allerdings sei es nur noch eine Frage der Zeit, bis der von alleine gestehe.

Leas Blick blieb blind. Wie eine Statue saß sie

da, und für Walko war sie schöner als alle griechischen Vorbilder, die er je für genial gehalten hatte. Mit dem Gedanken an die frustrierte Mendel bat er Lea noch einmal um die Erlaubnis, Frau Weiser wegen der Vorkommnisse von einem dreiviertel Jahr. Es würde die Ermittlungen einfach abrunden, begründete er. Schließlich verabschiedete er sich mit den Worten:

„Es hat mich sehr gefreut, Sie wieder gesehen zu haben und ich hoffe, es geht Ihnen bald wieder besser."

Der Kommissar war sehr zufrieden mit sich und dem Besuch. Sollte die Mendel recht gehabt haben mit ihrer Theorie, dann gab es für Lea jetzt überhaupt keinen Grund mehr, die Erlaubnis zu verweigern. Sicher würde nun bald der heiß ersehnte Anruf von Frau Weiser kommen.

Am Abend, in einer stillen Stunde, rief Walko sich noch einmal die zarte und zerbrechliche Gestalt der Leocadia von Strosny ins Gedächtnis. Das Bild dieser wunderschönen, traurigen Frau weckte eine alte Sehnsucht in ihm, die er schon lange vergessen geglaubt hatte. Er sah ihre Erscheinung, ihren Gang, wie sie sich bewegte, hinsetzte, wieder aufstand. Alles schien perfekt zu sein. Nur eines fehlte - ihre Stimme. Die zu hören, musste Musik bedeuten. Irgendwann, wenn dieser Fall abgeschlossen und Lea wieder gesund war, würde er einen Weg finden, diese Stimme zu hören.

14

Ein paar Tage später hob sich die Laune der Mendel schlagartig. Frau Weiser hatte ihren Besuch angekündigt, um von Lea und Erdmann zu erzählen. Marlies strahlte vor Glück und Stolz auf ihre richtige Strategie, die nun doch aufgegangen war, wenn auch mit einiger Verzögerung. Alle Ungeduld und Selbstzweifel waren vergessen. Auch der Kommissar freute sich, aber hauptsächlich deshalb, weil offensichtlich sein zweiter Besuch die lang ersehnte Reaktion hervorgerufen hatte. Dieses kleine Geheimnis behielt er für sich. Sollte die Mendel ruhig der Überzeugung bleiben, es sei ihr alleiniger Verdienst, den Fall würde es sowieso nicht entscheidend verändern.

Marlies besorgte extra ein paar süße Teilchen und kochte frischen Kaffee für Frau Weiser. Den ganzen Vormittag war sie aufgeregt und schaukelte auf ihrem Stuhl wie ein kleines Mädchen, das den Augenblick der Bescherung kaum erwarten kann. Als Frau Weiser endlich kam, beobachtete Walko amüsiert, wie die Mendel sich beherrschen musste, um nicht gleich mit tausend Fragen auf die Besucherin einzustürmen. Erst nachdem der Kaffee eingeschenkt war eröffnete Marlies die Fragestunde:

„Wie hat Frau von Strosny Ihnen denn die Erlaubnis erteilt? Hat Sie sie angerufen?"

„Oh, nein. Ich bekam einen Brief von ihrem Arzt Dr. Jonda, in dem er schrieb, dass Lea ihn gebeten habe mir mitzuteilen, dass sie einverstanden sei, wenn ich der Polizei die Geschichte mit Erdmann erzähle."

Marlies hätte zu gerne gewusst, wie die Strosny dem Jonda das wohl beigebracht hatte. Offensichtlich ging es ihr noch nicht wieder so gut, dass sie selbst einen Brief schreiben konnte. Diese Frage würde sie bei Gelegenheit dem Doktor stellen.

Frau Weiser war endlich hier und bereit, über alles zu sprechen, also beim Thema bleiben und nicht abschweifen!

Um die Neugier der Mendel nicht länger zu strapazieren, fing Frau Weiser von alleine an zu erzählen. Sie hatte sich gut auf dieses Gespräch vorbereitet und berichtete anhand von Notizen chronologisch die Vorgänge:

„Frau von Strosny hatte schon ein paar Jahre bevor Erdmann die Abteilung übernahm, dort gearbeitet. Sie hatte sich einen festen Kundenstamm erarbeitet, mit dem sie auch sehr erfolgreich war. Vor allem aber machte ihr ihre Aufgabe großen Spaß. Der Wechsel des Abteilungsleiters brachte einige Unruhe. Ich erzählte Ihnen ja schon, dass über die Hälfte der Mitarbeiter dann die Abteilung verließen."

Marlies nickte mit dem Kopf.

„Wie Lea mir später erzählte, hat Erdmann wohl schnell offen seine Antipathie ihr gegenüber erklärt. Gleichzeitig hat er aber immer wieder betont, dass er an einer guten Zusammenarbeit mit ihr interessiert sei. Lea sah anfangs keinerlei Probleme. Sicher, er war nicht ihr Traumchef, aber auf einer sachlichen Basis kann man mit jedem auskommen, so jedenfalls glaubte sie damals. Im Laufe der Zeit musste sie aber erkennen, dass Erdmann nicht so handelte, wie er ihr gegenüber immer wieder beteuerte. Er zog die Mitarbeiter eindeutig vor, die ihm sympathisch waren, und ihr ging er dem Weg. Am deutlichsten wurde es, wenn es um Besprechungstermine ging. Sie musste immer tagelang warten, während die Kollegen immer sofort ihren Termin bekamen.

Dann geschah etwas, das nichts mit Erdmann

zu tun hatte, aber dennoch den weiteren Verlauf wesentlich beeinflusste. Die Eltern von Lea hatten einen schweren Autounfall. Ihr Vater starb sofort, ihre Mutter erlitt schwere Verletzungen und wurde zum Pflegefall. Lea nahm sie zu sich und mit Hilfe einer Krankenschwester, die tagsüber kam, pflegte sie ihre Mutter über ein halbes Jahr lang bis zu deren Tod."

„Das muss eine sehr schwere Zeit für Frau von Strosny gewesen sein", meinte Walko mitfühlend. Vor seinem geistigen Auge sah er Lea, wie sie sich aufopfernd um die kranke Mutter kümmerte und wie sehr sie trauerte, als auch diese starb.

„Ja, das war schwer für sie. Dieser Schicksalsschlag hat sie sehr verändert. Ich glaube, dass sie heute noch nicht ganz darüber hinweg ist."

„Wie lange ist das jetzt her?" wollte Marlies wissen.

„Etwa ein Jahr."

„Dann war das etwa ein halbes Jahr vor dem Wechsel aus der Abteilung", kombinierte die Mendel laut. „Da hat dieser Erdmann sich aber keinen günstigen Augenblick für eine Auseinandersetzung mit seiner Mitarbeiterin ausgesucht."

„Das würde ich nicht sagen", meinte Frau Weiser. „Dieser Augenblick war für ihn und seine Pläne sogar sehr günstig. Ein Mitarbeiter, der bereits angeschlagen ist, kann sich nur noch schwer wehren. Was also liegt näher, als gerade jetzt den Kampf zu suchen?"

„Feigling!" entfuhr der Mendel verächtlich.

„Wie man´s nimmt. Lea ist eine sehr starke Frau und für Erdmann war es sicher nicht immer einfach, eine Mitarbeiterin zu haben, die fachlich gut ist und kein Blatt vor den Mund nimmt. Lea meinte später selbst, dass sie vielleicht zu oft ihre Meinung gesagt hatte, ohne Rücksicht darauf zu nehmen, dass Erdmann genau das überhaupt nicht vertragen konnte. Die anderen Kollegen waren da offensichtlich diplomatischer."

„Opportunisten!" verurteilte Marlies sofort.

„Auch das ist Ansichtssache. Eine Meinung zu haben ist eine Sache, sie nach außen zu vertreten eine andere. Es ist oft gar nicht so einfach, die Konsequenzen für seine Überzeugungen und Handlungen zu tragen."

„Worum ging es denn überhaupt in diesen Auseinandersetzungen zwischen Erdmann und Frau von Strosny?" Walko hatte genug von der Philosophiererei der beiden Frauen.

„Ach ja, da war ich stehen geblieben. Also, Lea rief mich eines Tages an und sagte, sie habe Probleme mit einem Kollegen, der falsche Anschuldigungen gegen sie erhebt, und dass sie den Eindruck habe, ihr Chef sei nicht unparteiisch. Aus diesem Grund bat sie mich, sozusagen als Zeugin, bei den noch folgenden Gesprächen dabei zu sein. Natürlich sagte ich sofort zu. Lea kam daraufhin in mein Büro und erzählte mir eine typische Mobbinggeschichte."

„Mobbing?" fragte die Mendel ungläubig. „Ich denke, das geht nur von den Mitarbeitern aus und läuft ohne Chef."

„In der Theorie wird es so beschrieben, ja. In der Praxis sieht es aber ganz anders aus. Solche Sachen können nur laufen, wenn der Chef entweder weg sieht, es stillschweigend duldet oder gar selbst daran interessiert ist."

Jetzt diskutierten die beiden schon wieder über Nebensächlichkeiten! Walko hatte diesmal das Problem, dass er nicht ganz genau wusste, was Mobbing war. Sollte er sich eine Blöße geben und fragen oder sollte er lieber so tun, als ob auch er wüsste, worum es geht?

„Könnte mir mal eine der Damen erklären, worum es im Moment eigentlich geht?" Er hatte sich entschieden, am Ball zu bleiben.

„Oh, Entschuldigung, Herr Walko", sagte Marlies ganz betroffen. „Frau Weiser hat gerade eines meiner derzeitigen Lieblingsthemen angesprochen. Mobbing ist im Grunde nur ein relativ neuer Ausdruck für ein Phänomen am Arbeitsplatz, das es schon immer gab: Mitarbeiter schließen sich zusammen, um einen anderen Mitarbeiter raus zu ekeln. Man nennt das auch Psychoterror am Arbeitsplatz. Das ist genau das, was Sie und ich nicht praktizieren."

„Das haben Sie nur noch nicht bemerkt." Walko zwinkerte der Mendel zu. Die lachte zurück. Er hatte begriffen.

„In wirtschaftlich schwierigen Zeiten, in denen die Mitarbeiter um ihren Arbeitsplatz bangen müssen, nimmt das stets zu. Aber das nur am Rande bemerkt." Frau Weiser wollte weiter erzählen. „Also, dieser Kollege von Lea hatte behauptet, dass sie ihm die Hauptlast der Arbeit aufhalse. Sie würde sich nur um die paar Altkunden kümmern, und die würden auch immer unzufriedener, so dass er sogar manchmal auch noch einspringen müsste. Außerdem würde sie überhaupt keine Neukunden werben, ganz im Gegensatz zu ihm. Dann behauptete er noch, dass sie hinter seinem Rücken schlecht über ihn spreche und überhaupt würden die übrigen Kollegen das alles genauso sehen wie er.

Das allein war schon ein harter Brocken, aber was Lea am meisten erschreckt hatte, war, dass Erdmann zwar offiziell so tat, als würde er in diesem Streit eine neutrale Position einnehmen. In Wahrheit sah er aber in der Tatsache, dass sie nur wenige Überstunden machte, einen Hinweis auf die Richtigkeit dieser Behauptungen. Deshalb hatte er sie gebeten, sich das alles durch den Kopf gehen zu lassen und beim nächsten Gespräch dazu Stellung zu nehmen. Zu diesem nächsten Gespräch bat sie mich, als Zeugin dabei zu sein. Sie wusste, dass sie nur so eine faire Chance hatte."

„War denn was dran an den Behauptungen?" wollte Marlies wissen.

„Das mit dem Überstundenkonto stimmte. Sie hatte im letzten halben Jahr kaum Überstunden gemacht. Das lag einfach daran, dass sie immer pünktlich zu Hause sein musste, um die Krankenschwester abzulösen. Daraus auf mangelnde Arbeitsmoral zu schließen ist schon ein starkes Stück, zumal Erdmann von Leas privaten Sorgen wusste. Außerdem hatte er die Zahlen, und die stimmten. Der Punkt mit den Neukunden war auch so eine Sache. Lea hatte tatsächlich nicht so viele Neukunden wie ihr Kollege geworben, dafür hatte sie aber ihren alten Kundenstamm vollständig erhalten, was allein schon ein Zeichen für die Zufriedenheit der Kunden ist. Der Kollege dagegen hatte fast alle Stammkunden verloren, nachdem er diesen Bereich neu übernommen hatte, dafür jede Menge neue Kunden geworben und auch sein Geschäftsvolumen erheblich gesteigert. Bei genauerer Analyse aber kam heraus, dass er eine sehr hohe Kundenfluktuation hatte, das heißt kein Kunde blieb lange bei unserer Bank. Das ist ein neuer Trend bei der jüngeren und bereits wohlhabenden Kundschaft. Die suchen sich immer die jeweils günstigste Bank heraus. Da geht es nur um die Rendite, nicht um eine langfristige Bankverbindung. Lea bewies sogar, dass ihr Kollege trotz größerem Volumen eine geringere Gewinnspanne erwirtschaftet hatte. Sie wehrte sich gegen einen Vergleich, denn es waren ganz unterschiedliche Arbeitsweisen, die die beiden Kollegen hatten. Das Problem war im Grunde, dass die ihre Erdmann nicht gefiel.

Bei diesem nächsten Gesprächstermin war plötzlich auch der Chef von Erdmann zugegen. Er stellte sich offen hinter Erdmann, was den Druck auf Lea noch verstärkte. Doch sie war sehr gut vorbereitet, konnte alle Behauptungen widerlegen und weigerte sich, zu den Verleumdungen, schlecht über Kollegen sprechen, überhaupt Stellung zu nehmen. Im Laufe des Gesprächs distanzierte sich Erdmann von den Behauptungen seines Mitarbeiters und schließlich meinte er sogar, dass er im Grunde zufrieden mit Leas Arbeit sei."

„Dann war dieser Augenblick wohl doch nicht so günstig für Erdmann gewesen, was?" freute sich der Kommissar.

„Wenn Lea auch die Behauptungen widerlegen konnte und offiziell sogar von ihrem Chef gelobt wurde, so war das Vertrauen doch völlig zerstört. Sie wusste nun, dass sie keine Rückendeckung haben würde, sobald ihr ein Fehler unterlief. Und das Verhältnis zu den Kollegen war ebenfalls gestört, die hatten ihr ja gezeigt, was sie von ihr hielten. Außerdem hatte sie keine Kraft mehr. Sie hatte an allen Fronten gekämpft und nicht verloren, aber der Krieg war nicht zu gewinnen. So sehr sie ihre Arbeit auch liebte, dort hatte sie keine berufliche Zukunft mehr. Sie entschloss sich deshalb, in eine andere Abteilung zu gehen, und innerhalb von wenigen Wochen war der Wechsel vollzogen. Das war übrigens auch ein Zeichen dafür, wie sehr sich die Verantwortlichen ihrer Führungsfehler bewusst waren. Ein Abteilungswechsel dauert sonst erheblich länger."

Frau Weiser machte eine kleine Pause. „Letztlich hatte Erdmann doch den richtigen Zeitpunkt erwischt. Er hatte vielleicht nicht mit diesem letzten Aufbäumen von Lea gerechnet, aber er hatte im Grunde erreicht, was er wollte: Lea ging, und ein ihm sympathischer Mitarbeiter konnte ihre Aufgaben übernehmen."

„So eine Schweinerei", knurrte die Mendel. „Und damit ist er durchgekommen?"

„Leider ja. Lea war ja die einzige, die sich über seinen Führungsstil beschwert hatte. Und außerdem genoss Erdmann das Vertrauen seiner Vorgesetzten. Wir konnten da nichts machen."

„Hat es Lea - eh - Frau von Strosny denn in ihrer neuen Abteilung gefallen?" mischte sich Walko wieder ein.

„Das weiß ich gar nicht so genau, aber nach knapp einem halben Jahr ist es auch noch zu früh für eine Aussage. Es dauert eine ganze Weile, bis man sich in eine völlig neue Aufgabe richtig eingearbeitet hat."

Marlies konnte die Geschichte immer noch nicht fassen. Sie sah aus dem Fenster und schüttelte den Kopf über dieses Vorgehen von Erdmann. Es ist doch die mieseste Art, einen Menschen, der von Trauer und Leid so getroffen ist, auch noch beruflich unter Druck zu setzten. Wenn er das mit ihr gemacht hätte, dann... dann...

„Frau Weiser, glauben Sie, dass Frau von Strosny etwas mit dem Tod von Erdmann zu tun hat?" Marlies musste das unbedingt wissen.

„Nein, ganz ausgeschlossen", wehrte Frau Weiser entschieden ab. „Das kann ich mir nicht vorstellen, Lea ist so ein lieber Mensch. Und denken Sie nur daran, wie sie ihre Mutter gepflegt hat. Glauben Sie im Ernst, ein solcher Mensch wäre fähig, einen Mord zu begehen?"

Marlies wusste nicht so recht, was sie glauben sollte. Sie wusste nur, dass sie diesen Erdmann gehasst hätte, und vielleicht tat die Strosny das auch. Irgendwie hing das alles zusammen. Aber wie?

Frau Weiser bedankte sich für Kaffee und Kuchen und verabschiedete sich. Der Kommissar begleitete sie zur Tür. Marlies versank in Gedanken. Walko konnte fast die Rauchwolken sehen, die über ihrem Kopf qualmten. Auch er war traurig über Leas schweres Schicksal. Das war sicherlich der Grund für ihren Aufenthalt in der Klinik, aber kaum das Motiv für einen Mord.

Nein, das Motiv war Eifersucht und der Mörder war Ralf Müller, das stand ohne Zweifel fest. Dieser Erdmann musste wirklich Abgründe in seinem Charakter gehabt haben, da hatte die Mendel mal wieder richtig gelegen. Aber was Lea betraf, war sie auf dem Holzweg, da war er sich sicher.

Marlies dagegen war sich sicher, dass die Strosny mit drin hing. Ein engelsgleiches Wesen mit einem ebensolchen Charakter? Nein, das konnte nicht sein, das durfte nicht sein. Walko war ein Mann und völlig verblendet von dem blonden, zarten Geschöpf, mit dem war nicht zu rechnen. Allein schon um ihm die Augen zu öffnen, wollte Marlies nach der dunklen Seite dieser Frau suchen. Die Strosny hatte reagiert, wenn auch etwas langsam, aber immerhin. Vielleicht ließe sich dieses Spiel noch einmal wiederholen.

15

Dr. Jonda hatte mit einem weiteren Besuch gerechnet. Marlies kam allein und in ihrer Freizeit, denn sie wollte ihren Chef nicht dabei haben. Sie betrachtete es als ihre private Neugier. Umso mehr war sie über das freundliche und entgegenkommende Verhalten des Arztes überrascht. Sie hatte eher mit einem Rausschmiss gerechnet.

„Frau von Strosny geht es etwas besser, und sie bat mich, Ihnen etwas zu erzählen."

Marlies glaubte in der falschen Klinik zu sein. War das wirklich Dr. Jonda? So nett und charmant und vor allem bereit, über die Strosny zu reden? Na, wenn das kein Geschenk des Himmels war. Da hätte sie sich ja gar nicht den Kopf zerbrechen brauchen, um einen plausiblen Grund für ihren Besuch zu finden. Sehr schön! Also, dann mal los.

„Dann reagiert sie wieder auf ihre Umwelt?" hakte Marlies gleich nach.

„Noch nicht unmittelbar, aber mit zeitlicher Verzögerung ist sie nun in der Lage, sich zumindest schriftlich mitzuteilen. Das geschah übrigens zum ersten Mal nach dem letzten Besuch des Kommissars letzte Woche. Erst war ich ja skeptisch, aber schließlich hat er mich überzeugt und er hatte Recht. Lea hat reagiert." Dr. Jonda war ganz glücklich.

Marlies musste ihren Ärger über den heimlichen Besuch ihres Chefs runterschlucken und so tun, als ob sie das wüsste. Dieser Walko, hinter ihrem Rücken ging der nochmals hierher. ´Na warte, Viktor Walko, erzähl du mir noch mal was von Offenlegung aller Ermittlungsergebnisse!´ ging ihr durch den Kopf, während sie den Arzt anlächelte.

„Das ist ja interessant. Sprechen kann sie nicht, aber sie gibt Ihnen einen Zettel, auf dem alles drauf steht", kommentierte Marlies.

„Ganz so ist es leider nicht. Sie ist noch immer völlig apathisch, aber auf dem Schreibblock in ihrem Zimmer fand ich einzelne Worte, die sie wohl in einem lichten Moment geschrieben haben muss. Erst heute Morgen fand ich wieder einen Zettel, auf dem stand: Jonda - Polizei - Unfall - erzählen. Da war mir klar, sie will, dass ich Ihnen von dem Unfall und den Folgen erzähle."

„Der Unfall ihrer Eltern?" versicherte sich Marlies.

„Ja, denn damals haben wir uns kennen gelernt. Ich war zu der Zeit noch im Kreiskrankenhaus, in das ihre Eltern eingeliefert wurden. Für den Vater kam leider jede Hilfe zu spät, aber die Mutter konnten wir retten. Für Lea - äh - Frau von Strosny war das ein ziemlicher Schock, und damals kamen das erste Mal diese Sprachstörungen. Für mich als jungen Psychiater natürlich eine sehr interessante Sache, und so bot ich ihr Therapiesitzungen an. Erst wollte sie nicht, als ich ihr aber erklärte, dass es für mich sehr wichtig sei und ich die Erkenntnisse auch in meiner Doktorarbeit verwenden könnte, willigte sie schließlich ein."

„Ein seltsamer Grund, um eine Therapie zu beginnen."

„Anfangs war mir egal, warum sie zugestimmt hatte. Erst im Laufe der Sitzungen wurde mir klar, dass ihr ungeheurer Stolz der Grund für die erste Ablehnung war."

„Ihr Stolz?"

„Ja, sie ist zu stolz, um fremde Hilfe anzunehmen. Die Tatsache, dass sie mir damit einen Gefallen tat, war ausschlaggebend für sie, überhaupt Hilfe anzunehmen. Sie half mir und im Gegenzug half ich ihr, damit war die Sache ausgeglichen und sie war niemandem etwas schuldig."

„Sehr untypisch für einen Banker", kommentierte Marlies laut.

„Es waren überhaupt sehr untypische Sitzungen", fuhr Dr. Jonda fort. „Die meisten Patienten kommen und schütten ihren seelischen Abfall einfach aus, in der Hoffnung, der Therapeut werde schon etwas damit anfangen können und anschließend ein Patentrezept verordnen. Frau von Strosny reagierte jedes Mal völlig anders. An manchen Tagen fiel es ihr leichter, über Sorgen und Nöte zu reden und an manchen Tagen war es unmöglich, auch nur auf ihre eigene Person zu sprechen zu kommen. Dann redete sie nur über Themen, die mit ihr eigentlich gar nichts zu tun hatten. Es hat eine ganze Weile gedauert, bis ich begriffen hatte, dass dieses Verhalten von mir abhing. An den Tagen, an denen ich ausgeglichen und ruhig war, mit meinen Gedanken ganz bei ihr, da konnte sie mir von sich erzählen. Aber an den Tagen, an denen ich genervt war, an denen meine eigenen Probleme mich zu sehr beschäftigten, da sprach sie immer genau über die Themen, die auch mich gerade beschäftigten. Im Grunde therapierte sie mich, ohne dass ich es bemerkte." Der Doktor schüttelte den Kopf, als er daran zurück dachte. „Diese Frau hat eine außergewöhnliche Sensibilität. Sie hatte meine Stimmungen bereits erfasst, noch bevor sie Platz genommen hatte."

Es war ein Leuchten in seinen Augen. Seine Stimme war weich und zärtlich geworden. Er war ganz in seine Gedanken an Lea versunken und hatte offensichtlich seine Zuhörerin vergessen. Doch die Neugier der Mendel war stärker als ihr Taktgefühl, und so riss sie den armen Jonda aus seinen Träumen, als sie ihn fragte:

„Konnten Sie ihr denn trotzdem helfen?"

Der Arzt setzte sich wieder aufrecht hin und zog seinen weißen Kittel zurecht. Dann versuchte er, sich an die eigentlichen Themen der Therapie zu erinnern.

„Anfangs ging es hauptsächlich um Trauerarbeit, um den Verlust des Vaters, die Krankheit der Mutter. Es war ja ein völliger Umbruch ganz plötzlich in ihrem Leben passiert, und ich versuchte ihr zu helfen, damit zurecht zukommen. In wieweit ich tatsächlich helfen konnte, lässt sich nicht genau sagen. Sie ist eine sehr starke Persönlichkeit und vielleicht hätte sie es auch ohne mich geschafft, aber ich glaube doch, dass es ihr gut tat, von Zeit zu Zeit mit jemandem über ihre Probleme zu sprechen. Es erleichtert ungemein."

„Hat sie denn keinen Freund?"

„Zu dem Zeitpunkt, als ich sie kennen lernte nicht. Sie hatte wohl vorher eine langjährige

Beziehung, aber die war schon seit einer Weile beendet. Über die Trennungsgründe hat sie nie gesprochen, und es war auch in dieser Situation nicht wesentlich."

„Und sonst auch keine Freundin oder Freunde?"

„Das ist auch so eine Sache, die mich total überrascht hat. Sie hatte einen großen Freundeskreis, allein schon durch ihre Arbeit mit der Gymnastikgruppe. Anfangs müssen ein paar wenige wirkliche Freunde wohl auch mehrfach ihre Hilfe angeboten haben, aber sie hat alles abgelehnt. Es war wieder dieser übertriebene Stolz, der sie daran hinderte, fremde Hilfe anzunehmen. Sie begründete das damit, dass sie niemandem zur Last fallen wolle. Leider bin ich bisher noch nicht dahinter gekommen, woher dieses Verhalten rührt", merkte Dr. Jonda an.

„Würde mich auch interessieren", meinte Marlies ganz fachfraulich. Eine Weile schwiegen beide, doch dann verdrängte die Kriminalistin in Marlies wieder die Hobbypsychologin und sie kam zum eigentlichen Thema zurück:

„Was ist das für eine Gymnastikgruppe, von der Sie eben sprachen?"

„Oh, sie hat jahrelang in ihrer Freizeit eine Gymnastikgruppe geleitet. Es muss ihr unheimlich viel Spaß gemacht haben, aber nach dem Unfall, als sie ihre Mutter pflegen musste, da gab sie das auf."

Marlies konnte förmlich in Dr. Jondas Augen sehen, wie Lea in einem engen Gymnastikanzug durch eine Turnhalle schwebte. Langsam ärgerte es die Mendel, wie scheinbar alle Männer von dieser Strosny in Bann gezogen wurden. Das konnte nicht sein. Ebenso wenig wie dieser Edwin Erdmann ein wirklich guter Mensch gewesen ist, konnte diese Leocadia (Was für ein Name!) von Strosny ein Engel sein. Irgendwo gab es einen dunklen Punkt. Es musste ihn einfach geben.

„Und wie ging es in der Therapie nun weiter?" bohrte die Mendel nach.

„Nun, als schließlich auch die Mutter starb, versuchte ich ihr zu helfen, neue Perspektiven, eine neue Zukunft zu finden. Denn jeder Tod, jedes Ende ist auch ein Neuanfang. In der ersten Trauer ist das natürlich nicht zu verstehen, aber ich baute auf den Faktor Zeit. Irgendwann kommen die Gedanken zurück aus den schmerzlichen Erinnerungen, und dann wollte ich sie in eine positive Richtung bringen. Leider kam es nicht mehr dazu. Ganz plötzlich brach sie die Therapie ab."

„Wann war das?" Marlies witterte schon den Zeitpunkt.

„Vor etwa einem halben Jahr."

„Also genau zu dem Zeitpunkt, als sie die Abteilung gewechselt hat", kombinierte die Mendel.

„Sie hat die Abteilung gewechselt?" Dr. Jonda war ahnungslos.

„Ja, hat sie Ihnen denn nichts von ihren beruflichen Schwierigkeiten erzählt?"

„Nur am Rande. Ich hatte auch nie den Eindruck, dass ihr Chef ein wirkliches Problem für sie darstellt." Das andere war ihm immer wichtiger erschienen, doch so langsam kamen dem Arzt Zweifel an seinen fachlichen Fähigkeiten. Hatte er tatsächlich das Wichtigste überhört? Wo war seine Fähigkeit geblieben, auf die Dinge zu hören, die der Patient nicht sagt? Allmählich wurde ihm auch klar, warum die Polizei, vor allem diese Mendel, so häufig hier waren. Die hatten Lea in Verdacht! Was war geschehen? Warum hatte sie sich ihm nicht anvertraut? Dr. Jonda wurde sichtlich unruhig.

„Warum ist Frau von Strosny eigentlich in Ihrer Klinik?" Die Mendel bohrte weiter nach.

„Wegen dieser Sprachstörungen." Dr. Jonda wollte nun nicht mehr so ausführlich erzählen.

„Also war sie doch wieder in Ihrer Behandlung?"

„Nein."

Marlies spürte den plötzlichen Umschwung und erkannte, dass dieses Gespräch wohl die längste Zeit gedauert hatte. Eines wollte sie aber noch wissen.

„Aber irgendwie muss sie ja hier her gekommen sein."

„Sie kam an jenem Montagmorgen mit einem Brief, den sie vorher geschrieben hatte und in dem sie mich um Aufnahme bat. Sie erklärte mir darin, dass sie wieder nicht in der Lage sei zu sprechen und dass sie meine Hilfe brauche. Natürlich habe ich sie aufgenommen. Wer außer mir kennt ihre Geschichte, und wenn sie einen schon mal um Hilfe bittet, wer würde da schon nein sagen?" rechtfertigte sich der Arzt. Er spürte, dass er Lea keinen Gefallen getan hatte, auch wenn sie ihn selbst darum gebeten hatte, alles der Polizei zu erzählen. Was ging nur in der Frau vor? Er hatte geglaubt sie zu kennen und erkannte nun, dass sie ihn nie wirklich in ihre Tiefen hatte schauen lassen, dass sie im Grunde immer so verschlossen war, wie zurzeit für alle Welt sichtbar.

Die Mendel hielt es für besser, jetzt zu gehen. Sie sah die Angst und das Entsetzen in Jondas Gesicht. Es war der Ausdruck eines besorgten Ehemannes um seine kranke Frau in dem Augenblick, in dem er erkennen muss, dass er ihr nicht helfen kann, und es vielleicht keine Hoffnung mehr gibt. Sie wollte ihn nicht weiter quälen, und außerdem hatte sie mehr erfahren, als sie je gehofft hatte.

16

„Und sie war es doch!" rief die Mendel dem verschlafenen Kommissar entgegen.

So früh am Morgen verstand Walko noch gar nicht, um was es überhaupt ging. Dieser alles überwältigende Elan seiner Assistentin bedeutete jedenfalls nichts Gutes. Das konnte ja heiter werden!

Die Mendel war wütend auf ihren Chef und ließ es ihn auch gleich wissen. Sein heimlicher Besuch in der Klinik. Sein süffisantes Lächeln, als die Weiser angerufen hatte, seine Bewunderung für Marlies´ späten Erfolg, alles nur vorgetäuscht - alles ein hinterhältiges Spiel! Dabei verlangte er immer, stets ehrlich und offen zu sein. Pah! Das war nicht fair!

Walko bekam ein schlechtes Gewissen. Sie hatte ja Recht. Aber wie um alles in der Welt war sie überhaupt dahinter gekommen?

„Dr. Jonda hat es mir erzählt, als auch ich *heimlich* in der Klinik war", erklärte Marlies hämisch. „So, nun sind wir quitt."

„Dieser verliebte Doktor hat mir noch viel mehr erzählt." Ihr Ton war voller Zynismus und ihr Chef merkte sofort, dass er großes Glück hatte, wenn sie von seiner Schwärmerei nicht auch noch anfing.

„Die Strosny ist seit jenem Montag in der Klinik und zwar auf eigenen Wunsch! Ihr derzeitiger psychischer Zustand ist vermutlich auf einen Schock zurückzuführen. Und Sie wollen mir einreden, dass die nichts damit zu tun hat? - Natürlich hat sie. Eines ihrer goldenen Haare und ich beweise es Ihnen!" Die Mendel war voll in Fahrt.

„Der Schock kann auch eine ganz andere Ursache haben!" wehrte sich der Kommissar heftig. Die Mendel konnte recht haben, und das gefiel ihm gar nicht.

„Sie hat ein Motiv: Mobbing."

„Das ist viel zu lange her, und überhaupt hat sie ihre Fehler ja eingeräumt. Das glaube ich nicht." Walko kämpfte um seinen Traum von der engelsgleichen, unschuldigen Lea, doch gegen die Argumente der Mendel hatte er keine Chance.

„Genau zu dem Zeitpunkt, als sie die Abteilung wechseln musste, hat sie ihre Therapie abgebrochen. Ganz plötzlich, ohne ersichtlichen Grund. Dr. Jonda wusste überhaupt nichts von ihren beruflichen Problemen. - Ich mache jede Wette, dass sie nur die richtige Gelegenheit abgewartet hat, bis sie sich endlich an Erdmann rächen konnte."

„Sie vergessen Ralf Müller", versuchte Walko noch einmal die Mendel zu verwirren.

„Der hängt sicher auch mit drin, aber allein hat der den Mord nicht begangen, dazu ist der überhaupt nicht fähig. Das ist das Werk der Strosny." Und sie fügte noch hinzu: „Stille Wasser sind tief."

Was ihr Chef auch sagte, die Mendel ließ es nicht gelten. Im Grunde wunderte sie sich selbst, mit welcher Sicherheit sie von der Schuld der Strosny überzeugt war. Beweisen konnte sie nichts. Alles beruhte auf Annahmen und Intuition. Die Zusammenhänge waren nicht eindeutig, da hatte der Kommissar schon Recht. Und trotzdem, es musste so gewesen sein. Da ihr Chef keinen klaren Kopf mehr hatte, was Lea betraf, war es besser zu bluffen. Vielleicht ließ er sich ja endlich davon überzeugen, dass sie auf der richtigen Spur waren.

Walko war tatsächlich etwas unsicher geworden. Vor allem war ihm klar geworden, dass er zu voreingenommen war, was die Unschuld von Lea betraf. Seine Sympathie für diese Frau hatte doch tatsächlich seinen kriminalistischen Verstand benebelt. Eigentlich gebührte seiner Assistentin ein Lob, aber das sparte er sich für ein andermal auf. Jetzt war nicht der richtige Moment dafür, fand er. Die Mendel hatte das Ruder bereits übernommen, und wenn er nun auch noch Fehler eingestand, würde sie in Zukunft den Chef spielen. So weit wollte er es auf keinen Fall kommen lassen.

„Ihre Theorie hat etwas für sich", begann er schließlich abfällig, „aber es fehlen die Beweise."

„Die lassen sich beschaffen", konterte die Mendel ebenso arrogant, und dann ging ihre Wut mit ihr durch: „Hätten Sie sich nicht von dieser schweigenden Blondine blenden lassen, wären wir schon längst weiter."

„Das geht zu weit, Frau Mendel!" zischte der Kommissar.

„Ach, ist doch wahr." Die Mendel konnte sich nicht mehr beherrschen. „Mir Verbohrtheit unterstellen und sich heimlich darüber lustig machen, aber selbst als unfehlbar gelten wollen."

„Frau Mendel!" rief er nur noch.

Marlies hatte sich so aufgeregt, dass sie kurz vor einem Tränenausbruch stand. Den durfte ihr Chef auf gar keinen Fall miterleben, deshalb schnappte sie Mantel und Tasche und verließ mit knallender Tür das Büro. Im Auto ließ sie ihren

Tränen erst mal freien Lauf. Das tat gut. Was nun? Es mussten Beweise her, damit er ihr endlich glaubte. Sie fuhr zur Klinik. Irgendwie würde sie schon an eines dieser goldenen Haare herankommen.

Da saß er nun, der Kommissar Walko und verstand nicht, was geschehen war. So weit hatte er es eigentlich nicht kommen lassen wollen, aber dieser Mendel fehlte es an Respekt. Selbst wenn sie tausendmal Recht hatte, so spricht man nicht mit seinem Chef. Er fühlte sich beleidigt, wenn auch irgendwo tief in ihm eine Stimme mahnte, dass auch er sich ihr gegenüber nicht respektvoll verhalten hatte. Vielleicht hätte er ihren Scharfsinn doch ein bisschen anerkennen sollen? Jetzt war es zu spät, jetzt war sie weg.

Und dieser Ralf Müller war es doch! Mochte Lea auch in den Fall verwickelt sein, dieser Müller war der Mörder. Um das zu beweisen, musste Walko ihn weiter unter Druck setzen.

17

Auf das Klinikgelände zu kommen war einfach, aber unbemerkt das Gebäude zu betreten schien unmöglich zu sein. Marlies schlich eine ganze Weile im Garten herum. Das größte Problem war, dass sie nicht wusste, wo die Strosny ihr Zimmer hatte. Irgendwo einzusteigen wäre schon möglich, aber sie durfte auf keinen Fall erwischt werden, denn das hätte einen Skandal gegeben. Sie sah schon die Schlagzeile: Polizistin bei Einbruch in die Psychiatrie ertappt. Das würde auch ihren Chef den Job kosten. Bei aller Wut, so weit wollte sie es nicht kommen lassen. Es war also größte Vorsicht geboten!

Ein älterer Mann saß etwas abseits in einem Rollstuhl im Schatten einer alten Eiche. Er hatte Marlies schon eine ganze Weile beobachtet und winkte sie schließlich zu sich her. Marlies ging hin, und sie kamen über das Wetter ins Gespräch. Doch sie war nicht bei der Sache und suchte den Park immer wieder mit den Augen nach der Strosny ab. Ganz unvermittelt meinte der alte Herr dann plötzlich:

„Wenn Sie mir sagen, zu wem Sie wollen, dann schmuggle ich Sie rein."

Das war ein Angebot! Marlies strahlte und erzählte ihm die traurige Geschichte von der Freundschaft zu Lea von Strosny, die sie gerne besuchen möchte, die aber keinen Besuch haben wolle. Zumindest behaupteten die Ärzte das. Marlies könne das aber nicht glauben, ja, sie vermute sogar, dass Lea hier unter Drogen festgehalten werde und wolle deshalb unbedingt nach der Freundin schauen, um sich zu vergewissern, dass es ihr auch gut gehe.

„Eine nette Geschichte, die Sie mir da erzählt haben", antwortete der Mann lachend. „Leider geht es hier nicht so abenteuerlich zu, wie Sie das eben so schön geschildert haben. Die Ärzte sind nämlich wirklich sehr nett und bemüht, deshalb bleibe ich auch noch ein Weilchen. Warum auch immer Sie auf diesem Wege rein wollen, einen Riesenspaß würde es schon machen, das Personal ein bisschen zu beschummeln."

Marlies legte all ihren Kleinmädchencharme in ihren Blick und zwinkerte dem alten Herrn bittend zu.

„Also dann mein Fräulein", sagte er schmunzelnd, „schieben Sie mich rein in das alte Gemäuer und ich zeige Ihnen den Weg zu unserem schweigenden Engelchen."

Unterwegs erzählte er freudestrahlend allen, die ihnen entgegen kamen, ob sie es nun wissen wollten oder nicht, dass er endlich Besuch von seiner Enkelin habe. Marlies war das überhaupt nicht recht, denn nun fiel sie richtig auf, was sie eigentlich zu vermeiden versucht hatte. Bei einer späteren Vernehmung würden sich sicherlich jede Menge Leute an sie erinnern, und alles würde auffliegen. Aber jetzt war es zu spät zur Umkehr, und außerdem war sie zu nah an ihrem Ziel.

Der alte Mann war raffinierter als Marlies glauben konnte. Er lockte sie in sein Zimmer, zeigte ihr die schöne Aussicht und erzählte lauter langweilige Geschichten über andere Patienten. Eine ganze Weile hörte Marlies geduldig zu, doch irgendwann unterbrach sie ihn schroff und erinnerte an sein Versprechen. Da lachte er wieder und meinte nur: „Geduld, Geduld, Mädchen. Den richtigen Augenblick müssen wir schon noch abwarten."

Das gefiel der Mendel gar nicht. Auf was hatte sie sich da nur wieder eingelassen? Jetzt war sie auf Gedeih und Verderb diesem verrückten Alten ausgeliefert. Der blickte aus dem Fenster und grinste.

„Jetzt ist gleich Essenszeit", sagte er plötzlich sehr sachlich und vernünftig. „Die beste Zeit, um ungestört mit ihr sprechen zu können. Frau von Strosny bekommt ihr Essen aufs Zimmer und das Personal hat ebenfalls Pause. - Sie ist übrigens gleich nebenan."

Der alte Mann bot an, in seinem Zimmer zu bleiben, während er zu Tisch ging. Marlies war sprachlos und beschämt wegen der schlechten Gedanken über diesen netten alten Herrn. Eigentlich war er ein lieber Großvater. Zum Abschied gab sie ihm einen Kuss auf die Wange, was wieder dieses seltsame Grinsen in sein Gesicht brachte.

So nah am Ziel und doch schien es nicht erreichbar. Das Zimmer der Strosny war nebenan, leider mit Bewohnerin. Marlies ging auf den Balkon und warf einen vorsichtigen Blick in das Nachbarzimmer. Es war leer! Konnte das sein? Sie beugte sich noch ein Stück weiter, um jede Ecke zu überprüfen und tatsächlich, es war niemand da. Mit einem Sprung hatte sie den Balkon gewechselt, mit einem Handgriff das schräg gestellte Fenster geöffnet und mit einem weiteren Sprung war sie im Zimmer der Strosny. Schnell schloss sie das Fenster, öffnete den Kleiderschrank, fand das Gesuchte, steckte zwei Haare in die mitgebrachte Beweistüte, schloss den Schrank und verließ den Raum durch die Balkontüre, die sie von außen zu zog, in der Hoffnung, die Strosny würde denken, sie selbst habe vergessen, die Tür abzuschließen. Durch das Zimmer des alten Herrn konnte sie schließlich unbemerkt die Klinik verlassen.

Auf dem direkten Weg fuhr sie zurück und ging schnurstracks ins Labor, um die Haare überprüfen zu lassen. Der Kollege beeilte sich wirklich sehr, aber Marlies konnte das Ergebnis kaum abwarten.

Die Haare waren identisch!

Die Strosny war also in Erdmanns Wohnung gewesen, das stand nun einwandfrei fest. Welche Befriedigung für die Mendel. Endlich war bewiesen, was sie schon so lange vermutet hatte. Marlies bat den Kollegen vom Labor, einen Bericht zu schreiben und diesen auf dem offiziellen Dienstweg an den

Kommissar zu schicken. Es sei wichtig für die Unterlagen, begründete sie diesen Aufwand.

Plötzlich kam die Müdigkeit. Was war das für ein Tag gewesen! Jetzt sehnte sie sich nach einem heißen Bad und einem weichen Bett. Für heute hatte sie genug von der Polizeiarbeit.

18

Im Büro herrschte eisiges Schweigen. Beide, der Kommissar und seine Assistentin, sprachen nur das nötigste miteinander. Walko hatte der Mendel kurz und knapp mitgeteilt, dass er Ralf Müller für heute zu einem weiteren Gespräch geladen hatte. Marlies wusste nicht einmal, wann genau das Verhör stattfinden sollte, aber sie fragte auch nicht nach. Irgendwann würde Müller kommen und dann kannte sie den Zeitpunkt.

Ralf Müller kam nicht allein. Er brachte seinen Anwalt mit, der sofort genau wissen wollte, was gegen seinen Mandanten vorliege und weshalb man ihn so oft verhören würde. Der Kommissar war offen und erklärte dem Anwalt von den Verdachtsmomenten, dem Motiv Eifersucht und vor allem von dem fehlenden Alibi.

„Ein fehlendes Alibi ist noch kein Beweis für die Täterschaft", argumentierte der Anwalt sofort.

„Aber auch kein Beweis für die Unschuld", konterte der Kommissar.

Müller und sein Anwalt tauschten Blicke, und dann legte Müller plötzlich ein paar Schwarzweißfotos auf den Tisch.

„Die hat man mir anonym zugeschickt. Daraufhin habe ich mich von Edwin getrennt und das war vor etwa einem halben Jahr."

Auf den Fotos war jedes Mal Erdmann zu sehen, aber jedes Mal mit einem anderen jungen Mann, und jedes Mal verschwanden sie gerade in irgendeinem billigen Hinterzimmer. Das war eindeutig und widerlich zu gleich.

„So, so, anonym. Die werden Sie selbst gemacht haben, als Sie Ihrem Lover hinterher spioniert haben", provozierte der Kommissar. „Dann haben Sie ihn zur Rede gestellt und umgebracht. Vielleicht sogar im Affekt, das halte ich Ihnen durchaus zu Gute."

„Für diese Behauptung haben Sie keinerlei Beweise", verteidigte der Anwalt seinen Klienten.

„Die Geschichte mit dem anonymen Absender kauft Ihnen doch kein Richter ab", beharrte Walko.

„Bisher bezweifeln Sie jede Aussage meines Mandanten und bauen auf eine Theorie, für die es keinerlei Anhaltspunkte gibt. Diese Bilder belegen aber eindeutig den bereits genannten Grund für die Trennung meines Mandanten von dem Opfer. Und für einen anderen Zeitpunkt haben Sie ebenfalls keine Beweise. Warum sollte Herr Müller die Unwahrheit sagen? Hat er nicht schon genug Leid ertragen, indem er betrogen wurde?"

„*Ihr Mandant*", betonte der Kommissar, „erzählt uns aber schon eine ganze Weile Dinge, für die er keine Zeugen hat. Das einzige was er zugibt, ist das was wir auch schon wissen, dass er mit dem Opfer ein Verhältnis hatte. Aber niemand soll davon gewusst haben, weil alles ganz geheim bleiben musste, um keine beruflichen Nachteile zu haben. Ha, und warum wussten wir dann doch davon?"

„Nach unserem Recht ist ein Angeklagter so lange unschuldig, bis seine Schuld bewiesen ist. Nicht mein Mandant muss seine Unschuld beweisen, sondern Sie, Herr Kommissar, seine Schuld!" sagte der Anwalt mit Nachdruck.

„Das werde ich auch tun, davon können Sie ausgehen!" Walko wurde langsam ärgerlich. „In der Zwischenzeit werden Sie mir aber doch meine Zweifel am Wahrheitsgehalt der Aussagen des Herrn Müller lassen?"

Das Gespräch führte zu nichts. Dieser Müller hielt sich ganz raus, ließ seinen Anwalt für sich sprechen, und der war gut vorbereitet, das stand außer Frage. Langsam wurde es Zeit für handfeste Beweise. Doch woher nehmen? Die Mendel hielt sich auch zurück und war keine Hilfe. Beleidigte Schönheit, dachte Walko, dabei war er doch derjenige, der beleidigt worden war.

Der Kommissar ließ Müller samt Anwalt wieder gehen, drohte aber an, dass Müller sich jederzeit zur Verfügung halten müsse.

Das Schweigen ging weiter. Walko hatte nicht gerade Lorbeeren geerntet, und Marlies hielt es für besser, überhaupt nichts zu sagen. Eine ironische Bemerkung hätte Walko ihr wieder übel genommen und aufmuntern wollte sie ihn auch nicht, das hätte er womöglich als Friedensangebot gewertet. Sie wartete lieber auf den Bericht aus dem Labor. Dann konnte ihr Chef entscheiden, was weiter geschehen solle.

Irgendwann lag der Bericht in der Hauspost. Walko las ihn, grübelte eine Weile, wie das Haar wohl ins Labor gekommen war, ärgerte sich über die Vorgehensweise seiner Assistentin und dass sie die ganze Zeit diese wichtige Neuigkeit verschwiegen hatte und machte sich dann genauso verschwiegen auf den Weg zum Staatsanwalt.

Als er zurückkam, sagte er nur: „Ich mache jetzt eine Hausdurchsuchung bei Frau von Strosny. Wenn Sie mitkommen wollen, bitte."

Marlies schnappte ihre Tasche und folgte ihm.

Sie fuhren zuerst zur Klinik, um Lea den Durchsuchungsbeschluss mitzuteilen und um den Schlüssel für die Wohnung zu holen. Dr. Jonda hörte sich alles schweigend an und mit einem tiefen Seufzer sagte er dann: „Ich habe hier bereits den Schlüssel für Sie. Frau von Strosny bat mich, ihn Ihnen zu geben."

„Ich würde gerne persönlich mit ihr sprechen", sagte Walko sehr sachlich und nüchtern, so sehr, dass die Mendel spüren konnte, wie schwer es ihm fiel zu akzeptieren, dass Lea tatsächlich etwas mit dem Mord an Erdmann zu tun hatte.

„Das wird Ihnen nichts nützen." Dr. Jonda schien erleichtert zu sein.

„Warum nicht?"

„Sie reagiert noch immer nicht."

„Aber mit Ihnen hat sie gesprochen?" Walko fühlte sich an der Nase herum geführt.

„Sie kann sich lediglich schriftlich mitteilen und auch das nur, wenn sie ganz allein ist", mischte sich die Mendel ein. „Das hatte ich ganz vergessen zu erzählen", schob sie entschuldigend hinterher. Dieser Arzt musste ja nicht unbedingt wissen, welche Stimmung zwischen Chef und Assistentin herrschte.

„Nun gut", meinte Walko. „Dann informieren Sie uns aber bitte umgehend, wenn Frau von Strosny wieder ansprechbar ist. Und noch eins: Sie darf die Klinik nicht ohne mein Wissen verlassen. Ich mache Sie dafür verantwortlich, Herr Dr. Jonda!"

Damit drehte er sich um und verließ grußlos das Sprechzimmer. Marlies verabschiedete sich schnell und rannte dann ihrem Chef hinterher.

19

Die Wohnung der Strosny lag ziemlich weit außerhalb der Stadt im Grünen. Es war eine großzügige Altbauwohnung mit drei Zimmern. In einem der Zimmer stand noch immer das Krankenbett der verstorbenen Mutter. Alles war so belassen worden, wie es für die Zeit der Pflege zweckmäßig gewesen war. Dieses Zimmer hatte einen Balkon und die schönste Aussicht, direkt auf einen großen, sehr gepflegten Garten mit hohen alten Bäumen und vielen kleinen bunten Blumenbeeten.

Das angrenzende Zimmer war das Schlafzimmer der Strosny, dann folgte das Badezimmer, und anschließend gab es noch eine recht geräumige Wohnküche. Das dritte Zimmer diente offensichtlich als Wohn- und Arbeitszimmer, denn in einer Ecke stand ein alter Sekretär, auf dem noch einige Arbeitspapiere lagen.

Walko ging langsam und fast ehrfürchtig durch die Wohnung und ließ die Atmosphäre der Räume auf sich wirken. Der alte Parkett knarrte, die alten Holztüren waren dunkel gestrichen, aber die hohen Fenster gaben sehr viel Licht, so dass die Wohnung hell und freundlich wirkte. Überall standen Zimmerpflanzen, vorzugsweise Palmen jeder Art und Größe. Die Möbel schienen zusammengewürfelt, kein Stück passte zum anderen und doch stimmte das Ambiente. Es waren durchweg alte Möbel, manche sicher wertvolle Antiquitäten und alle mit sehr viel

Liebe und Sorgfalt wieder hergerichtet.

Auch Marlies fühlte sich sofort wohl in dieser Umgebung. Es erinnerte sie ein bisschen an eine alte Villa, in der sie auch gerne leben würde. Unwillkürlich verglich sie diese Wohnung mit der von Edwin Erdmann und dann versuchte sie sich vorzustellen, wie zwei Menschen, die in so unterschiedlicher Umgebung lebten, beruflich miteinander auskommen konnten. Es lagen Welten dazwischen. Die eine Wohnung schnell, auf einmal und topmodern ausgestattet und die andere Stück für Stück, langsam wachsend möbliert. Der eine auf die Bewunderung von Gästen und Besuchern bedacht und die andere nur auf ihre eigene kleine Welt, in die sie sich zurückziehen kann. Marlies empfand beide als absolute Extreme zueinander. Wenn ihr auch die Wohnung der Strosny eher zusagte, wirkte dies alles hier im Vergleich zu Erdmanns Ausstellungsräumen doch zu alt, manchmal zu unpraktisch, zu verspielt. Allein der Sekretär dort in der Ecke, schön anzusehen, aber kann man darauf überhaupt schreiben?

Von Neugier getrieben, griff sich die Mendel die Unterlagen auf dem Sekretär und fing an zu blättern. Sie glaubte ihren Augen nicht zu trauen, als sie plötzlich genau solche schwarzweißen Fotos fand, wie sie Ralf Müller präsentiert hatte. Erst jetzt las sie genauer, was sie da in der Hand hatte. Es war die Korrespondenz mit der Detektei Magnum.

„Chef!" rief sie so laut und aufgeregt, dass der Kommissar sofort angerannt kam, um das Schlimmste zu verhindern. Was auch immer der Grund für diesen Hilferuf sein mochte, so hatte die Mendel noch nie geschrien.

„Schauen Sie sich das an", rief sie noch immer laut und mit weit aufgerissenen Augen. „Schauen Sie sich das an. Das ist unglaublich! Ich fasse es nicht! Das übersteigt alle meine Erwartungen. Das hätte ich ihr nicht zugetraut. Nein, das nicht." Die Mendel konnte sich kaum beruhigen.

Der Kommissar nahm die ihm entgegen gestreckten Unterlagen und las darin. Als er begriffen hatte, dass dies die Beweise dafür waren, dass Lea einen Privatdetektiv beauftragt hatte, Erdmann zu beschatten, blickte er genauso entsetzt zu seiner Assistentin. Beide waren sprachlos, ließen sich auf das Sofa fallen und starrten eine Weile schweigend vor sich hin.

„Wo haben Sie das gefunden?" wollte der Kommissar schließlich wissen.

„Es lag alles hier auf dem Sekretär", berichtete Marlies wahrheitsgetreu. Und dann fiel ihr plötzlich auf: „Und zwar so, als ob es für uns bereitgelegt worden wäre. Schauen Sie sich doch mal um, alles ist aufgeräumt, nichts liegt herum. Nur diese Unterlagen lagen griffbereit da."

Wie von einer Tarantel gestochen stand sie plötzlich auf und rannte durch die ganze Wohnung. In der Küche riss sie sämtliche Türen auf und rief dann: „Kein benutztes Geschirr, alles gespült und aufgeräumt." Aus dem Badezimmer war zu hören: „Alles geputzt - keine schmutzige Wäsche - alles gewaschen." Dann rannte sie ins Schlafzimmer und kommentierte: „Das Bett frisch gemacht, alles aufgeräumt, nichts liegt rum."

Atemlos kam sie zurück. „Hier ist alles aufgeräumt, wie vor einer Reise. Das Ganze war geplant, da mache ich jede Wette!"

„Was war geplant?" fragte Walko verständnislos.

„Na, die hat gewusst, dass wir irgendwann hier auftauchen würden, deshalb hat sie vorher alles aufgeräumt und schon mal die wichtigsten Unterlagen bereitgelegt. Und dann hat sie sich aus dem Staub gemacht, beziehungsweise in die Klinik einweisen lassen. Die hat von Erdmanns Tod gewusst, die war dabei, wenn sie ihn nicht gar selbst umgebracht hat!"

„Das war Müller, da bin ich mir ganz sicher!" beharrte der Kommissar, doch so sicher wie er vorgab, war er sich inzwischen gar nicht mehr.

Die Mendel war schon wieder in die Unterlagen vertieft, fand Rechnungen und staunte, was ein Privatdetektiv verdient. Hatte sie am Ende doch die falsche Wahl getroffen, als sie sich für den Staatsdienst entschied? Aber im Moment war eine andere Frage wichtiger:

„Wie sehr muss sie ihn gehasst haben, wenn sie so viel Geld für einen Privatdetektiv ausgegeben hat?" sprach sie laut vor sich hin. „Und vor allem: wozu? Warum? Um ihn dann umzubringen? Das ergibt keinen Sinn! Hätte sie ihn gleich umgebracht, wäre das weitaus billiger gewesen."

Walko saß noch immer regungslos da. Die Schlussfolgerungen seiner Assistentin hatten auch ihn überzeugt und damit sein ganzes romantisches Bild von Lea ins Wanken gebracht. Bisher hatte er sich noch immer als das Opfer von Erdmann gesehen, aber einen Privatdetektiv zu engagieren und dann alles für die Polizei bereitzulegen, das entsprach nicht der Art und Weise eines Unschuldsengels. Nein. Ganz und gar nicht. Leider.

„Wir müssen den Detektiv befragen", meinte

er schließlich resignierend.

„Auch daran hat sie gedacht." Marlies gab ihrem Chef einen Brief, den sie soeben gefunden hatte. Er trug das Datum von jenem Sonntag nach dem Mord und war an die Detektei Magnum gerichtet. Walko las:

„Sehr geehrter Herr Kenngott, wenn sich der Überbringer dieses Briefes als Polizist ausweisen kann, so berichten Sie ihm bitte von den Ermittlungsergebnissen im Fall Edwin Erdmann, für den ich Sie engagiert hatte. Ich entbinde Sie hiermit von Ihrer Schweigepflicht der Polizei gegenüber.

Mit freundlichen Grüßen..."

Der Brief war handschriftlich mit Lea v. Strosny unterschrieben.

Ja, Lea schien wirklich für alles Vorsorge getroffen zu haben. Also, was sollten sie hier noch? Die Hausdurchsuchung war abgeschlossen. Auf zur Detektei Magnum!

20

Es war eine Ein-Mann-Agentur, diese Detektei Magnum. Joachim Kenngott, der Inhaber, musste kurz lachen, als er den Brief las, den Kommissar Walko ihm gab.

„Ja, das passt zu ihr. Erst absolut geheimnisvoll tun und nun alles offen legen."

Durch seine Äußerung erweckte dieser Privatdetektiv den Anschein, als ob er der einzige sei, der Lea wirklich kannte. Das machte ihn für den Kommissar sofort unsympathisch. Wie hatte Lea mit einem solch schleimigen, ungepflegten, widerlichen Schwätzer nur Geschäfte machen können?

Das kleine Büro war zwar modern eingerichtet, aber alles wirkte ziemlich unordentlich. Marlies suchte nach einer Sekretärin, fand aber keine. Dieser Kenngott arbeitete offenbar völlig allein. Bei dem, was er an Honorar verlangte, hätte er sich zumindest eine Raumpflegerin leisten können. Beim Gedanken, Erdmanns Mutter würde hier den Putzlappen schwingen, musste die Mendel in sich hinein grinsen. Die würde ihm schon Ordnung beibringen!

Kenngott ging an seinen Aktenschrank und zog eine Akte heraus. Marlies war verblüfft, er hatte sie auf Anhieb gefunden! So unordentlich war er wohl doch nicht, wie es auf den ersten Blick gewirkt hatte. Dann bot er den beiden an, Platz zu nehmen, las kurz in seinen Notizen, schloss die Augen, legte seinen Kopf in den Nacken und tat so, als ob er angestrengt in seiner Erinnerung nach den Einzelheiten suchte.

„Das war ein seltsamer Fall", fing er endlich an zu reden. „Ich bekam damals einen anonymen Auftrag, mit einer saftigen Vorauszahlung und detaillierten Angaben über das Beschattungsobjekt, also über diesen Edwin Erdmann. Die Ermittlungsergebnisse sollte ich an eine Chiffrenummer schicken. Die gesamte Kommunikation lief nur über diese Chiffre. Diese Geheimnistuerei ist eigentlich nicht mein Stil, aber die Zeiten sind schlecht und ich hatte gerade keinen anderen Auftrag, also nahm ich an. Außerdem wollte ich wissen, wer hinter der Sache steckt. Zugegeben, ich habe eine Weile gebraucht, um das Rätsel zu lösen, aber schließlich fand ich doch heraus, dass Leocadia von Strosny meine Auftraggeberin war. Dieser Brief zeigt ganz deutlich, dass sie es weiß, obwohl ich mich nie zu erkennen gegeben habe."

„Was hat dieser Brief damit zu tun?" Marlies verstand nicht.

„Ganz einfach. Bisher hatte sie immer nur mit ihrer Chiffrenummer unterschrieben. In diesem Brief unterschreibt sie das erste Mal mit vollem Namen und sie geht davon aus, dass ich weiß, wer sie ist. Und sie hat recht."

„Und woher wissen Sie es?" mischte sich nun auch Walko ins Gespräch.

„Sie hat mich selbst auf ihre Spur gebracht. Aber ich glaube, ich sollte von vorne anfangen, sonst verwirre ich Sie zu sehr. - Also. - Ich machte mich an die Arbeit und beschattete Erdmann. Zuerst recherchierte ich sein Berufsleben. Er arbeitete in einer Bank..."

„Das ist uns bekannt", unterbrach der Kommissar. „Uns interessiert mehr sein Privatleben. Aber Sie sagten doch eben *arbeitete*. Wieso?"

„Herr Kommissar, Sie sind doch hier, weil Sie im Mordfall Edwin Erdmann ermitteln, oder nicht?"

„Ja, aber woher wissen Sie davon?"

„Das ist mein Job. Soll ich nun weiter erzählen?"

Walko nickte zerknirscht. Dieser Kenngott war schlauer als er aussah.

„Das Privatleben. - Also. - Das war schon etwas schwieriger. Erdmann ging nur selten aus. An den Wochenenden fuhr er oft zu seinem Freund Ralf Müller. Müller kam übrigens nur sehr selten zu Erdmann, obwohl er einen Wohnungsschlüssel hatte. Ich glaube, es gab eine Abmachung zwischen beiden. Erdmann hatte offenbar große Angst, jemand aus seiner Umgebung könnte von seiner Homosexualität erfahren. Müller wohnt weit weg in der Stadt, da bietet die Anonymität mehr Schutz. Alles schien seinen geregelten Gang zu gehen. Ich fotografierte alles, schickte die Abzüge an die Chiffre und bekam postwendend das Geld, übrigens bar. Eigentlich war nicht viel dran an dieser Geschichte, so glaubte ich jedenfalls, aber ich sollte trotzdem weiter beschatten. Na gut, dachte ich, das ist leicht verdientes Geld. Eines Samstags kam ich Erdmann dann doch auf die Schliche. Sein Freund Müller musste arbeiten, und er ging scheinbar wie immer auch in die Stadt um zu bummeln. Er nahm jedes Mal den gleichen Weg, kehrte in ein bestimmtes Café ein, blieb dort eine Weile, kam wieder heraus und fuhr dann zurück ins Liebesnest. An diesem einen Samstag wartete ich nicht wie üblich vor dem Café, sondern ging auch hinein, um mir diesen Edwin mal von Nahem anzusehen. Und wissen Sie, was der gemacht hat? Erst bestellte er sich einen Kaffee und dann einen Jungen! Dass das ein Schwulencafé war, wusste ich, aber dass man da auch gleich nach oben gehen kann, war mir neu. Jedenfalls ließ Erdmann den Kaffee kalt werden, dafür waren die Jungs heiß auf ihn. Seine Großzügigkeit machte ihn zu einem gern gesehenen Gast.

Von diesem Moment an wurde der Auftrag interessant und schwierig. Ich stehe nun mal nicht auf Männer, musste mich aber mit dem Besitzer anfreunden, um überhaupt etwas zu erfahren. War gar nicht so einfach und es schüttelt mich heute noch, wenn ich daran denke, wie der mir immer seine Hand auf den Oberschenkel gelegt hat."

Der Kommissar und seine Assistentin mussten schmunzeln. So waren also die Bilder entstanden, die Ralf Müller mitgebracht hatte.

„Dann haben Sie die Fotos an Müller geschickt?" wollte Walko wissen.

„Nein, ich habe die Fotos nur an meine Auftraggeberin, also an Frau von Strosny geschickt. Was die damit gemacht hat, weiß ich leider nicht. Würde mich aber auch interessieren. - Ich bin nie dahinter gekommen, was die mit all den Fotos und Berichten überhaupt wollte."

„Das ist uns auch noch nicht klar", sagte die Mendel. „War damit Ihr Auftrag beendet?"

„Noch nicht ganz." Kenngott erzählte weiter: „Ich bekam die Anweisung, Erdmann von nun an jeden Abend genau zu beobachten. Und wissen Sie was geschah? Er traf sich mit einer Frau! Und was für einer hübschen. Und das nicht nur einmal. Nein, mehrmals, immer wieder. Die beiden lachten und flirteten, dass ich schon glaubte, Erdmann hätte einen Doppelgänger. Das zu fotografieren war die reinste Freude. Meine Auftraggeberin würde sicherlich zufrieden sein. Kaum hatte ich die Bilder abgeschickt, wurde ich großzügig bezahlt und gleichzeitig wurde mir der Auftrag entzogen."

„Die Frau war die Strosny", kombinierte die Mendel blitzschnell.

„Richtig!" gratulierte Kenngott. „Endlich kam ich ihr auf die Spur. Alle Bestechungsversuche hatten nichts genützt, niemand hatte mir den Namen hinter der Chiffrenummer verraten. Aber als ich dieser Frau folgte, kam ich sehr schnell hinter ihre Identität. Man hatte mir zwar den Auftrag entzogen, aber ich ermittelte trotzdem weiter. Ich verstand nämlich überhaupt nichts, und wenn ich ehrlich bin, dann weiß ich heute noch nicht, was das Ganze sollte."

„Und wir hatten gehofft, Sie könnten uns weiter helfen." Marlies war enttäuscht. Auch sie konnte sich keinen Reim auf die Geschichte machen. Irgendwie passte das alles nicht zusammen. War die Strosny am Ende schizophren? Wieso hatte sie sich mit Erdmann getroffen und auch noch geflirtet? Ausgerechnet mit dem Mann, den sie eigentlich hasste?

„Wie lange haben Sie weiter ermittelt?" wollte der Kommissar wissen. „Waren Sie in der Mordnacht in der Nähe des Tatortes?"

„Ja, das war ich tatsächlich, aber ich bezweifle, dass Ihnen meine Beobachtungen weiterhelfen, zumal ich auch keine Beweisfotos gemacht habe."

„Das zu beurteilen überlassen Sie ruhig mir", sagte der Kommissar arrogant. Dieser Kenngott wurde ihm immer unsympathischer, je mehr er über Lea berichten konnte.

„Also. - Die Mordnacht." Kenngott versuchte, sich wieder zu erinnern. „Ich hatte mich an Frau von Strosny gehängt, um mehr über sie zu erfahren. An jenem Samstagabend fuhr sie zu Erdmann und ging in seine Wohnung. Er hat sie offenbar erwartet. Übrigens war sie sehr aufreizend angezogen, wie zu einem aufregenden Rendezvous. Ich wartete draußen. Nach etwa einer halben Stunde kam Ralf Müller. Er wartete zunächst in seinem Auto. Nach einer weiteren halben Stunde ging er hinein. Was drinnen geschah, weiß ich leider nicht. Ich ärgere mich noch heute, dass ich nicht auch hinein bin und wenigstens im Flur gelauscht habe. - Aber vorbei ist vorbei."

„Und was geschah dann?" Walko wurde immer ungeduldiger.

„Nicht mehr viel. Nach etwa zwanzig Minuten kamen beide, Frau von Strosny und Müller, gemeinsam aus dem Haus. Sie sprachen noch kurz miteinander, gingen dann getrennt zu ihren Autos und fuhren weg. Ich folgte der Strosny. Die fuhr direkt nach Hause und blieb dort die restliche Nacht. Irgendwann gegen Morgen fuhr ich auch nach Hause. Naja, und seitdem ist sie in dieser Klinik. Aber das wissen Sie ja bereits."

Der Kommissar war hochzufrieden. Endlich hatte er den Beweis dafür, dass Müller gelogen hatte. Er war sich sicher, was immer in jener Nacht in dieser Wohnung passiert ist, Lea hat Erdmann nicht umgebracht.

„Ich danke Ihnen vielmals, Herr Kenngott, Sie haben uns sehr geholfen", verabschiedete sich Walko plötzlich überaus freundlich. Auch die Mendel war nun sehr freundlich und verabschiedete sich ebenfalls.

21

„Und sie ist nicht die Mörderin!" rief Walko im Auto erleichtert aus.

„Wieso sind Sie sich da so sicher?" Für die Mendel war diese Überzeugung schlichtweg Starrsinn. Ihr Chef klammerte sich offenbar an jede wahnwitzige Vorstellung, die sein Bild vom Unschuldslamm Lea bestätigen konnte.

„Das Motiv ist Eifersucht, da waren wir uns doch einig. Nun hat Müller seinen Freund mit einer Frau erwischt, nachdem er schon so oft mit anderen Männern betrogen wurde. Da ist ihm die Sicherung durchgebrannt und hat er Erdmann erstochen. Im

Affekt. Genauso, wie ich es gesagt habe. Es war so. Da mache ich jede Wette!"

„Ich halte die Wette. Was sind Sie bereit zu setzen?" fragte die Mendel ernsthaft.

„Ein Abendessen." Walko war sich sicher, diese Wette niemals einlösen zu müssen.

„Von Ihnen gekocht?" verlangte die Mendel dreist.

„Aber gerne", versicherte er siegesgewiss.

„Es könnte aber auch ganz anders gewesen sein." Marlies wollte ihren Chef verunsichern und ließ ihrer Phantasie freien Lauf. „Müller könnte auch die Mendel überrascht haben, wie sie alle Spuren verwischte. Vielleicht hat Erdmann sie ja vergewaltigt und musste dafür sterben."

„Dann hätte Müller längst gestanden. Warum sollte er lügen? Wenn er nicht der Mörder ist, kann ihm ja nichts passieren."

„Vielleicht hat sie ihn erpresst."

„Und womit?" Walko fand diese Theorie reichlich albern.

„Nach allem, was uns dieser Kenngott erzählt hat, hat sie sicherlich gewusst, dass der Detektiv in der Nähe ist und alles beobachtet."

„Das ist aber eine sehr gewagte Annahme, Frau Mendel."

„Sie wird Müller Angst gemacht haben, dass im Zweifelsfall Aussage gegen Aussage steht, und durch die Fotos wäre sein Motiv für einen Mord sehr viel überzeugender."

Dieses Argument stach. Ralf Müller ließ sich sicherlich schnell ins Boxhorn jagen, und Lea war nicht dumm, wenn Walko auch nicht an eine kriminelle Neigung glauben mochte. Plötzlich sah sich der Kommissar in seiner Küche stehen und für die Mendel kochen.

„Am besten wir fragen Müller direkt, wie es war. Dann werden wir ja sehen, wer recht hat."

„Einverstanden. Sie können sich ja schon mal überlegen, was Sie für mich kochen werden", frohlockte die Mendel.

Diesen Gedanken schob Walko weit von sich. So weit wollte er es auf gar keinen Fall kommen lassen. Etwas schneller als eigentlich von den Kollegen erlaubt, fuhren sie zur Arbeitsstelle Müllers, um ihn gleich mit aufs Präsidium zu nehmen. Müller bestand darauf, zuerst seinen Anwalt anzurufen, damit dieser unverzüglich kommen konnte. Das würde auch nicht viel nützen, dachte Walko, gegen diese Beweise half auch kein Advokat. Der konnte ihn aber zur Aussageverweigerung anstiften. Es galt also, Müller noch vor Eintreffen des Rechtsbeistands wenigstens ein Teilgeständnis zu entlocken.

Kaum im Büro angekommen, legte der Kommissar auch schon los:

„Wir wissen, dass Sie in der Mordnacht bei Erdmann waren."

„Woher?" verriet sich Müller völlig überrascht.

„Wir haben Zeugen."

„Dann hat diese Zicke doch nicht dicht gehalten", murmelte Ralf Müller vor sich hin. Er hatte begriffen, dass leugnen nunmehr zwecklos war. Eine Weile überlegte er, was zu tun sei und bestand dann darauf, zuerst mit seinem Anwalt zu sprechen, bevor er auch nur ein weiteres Wort zu der ganzen Sache sagen würde.

Zähneknirschend stimmte der Kommissar zu.

Dagegen konnte er nichts machen. Wenigstens hatte Müller bisher nichts bestritten. Das war schon ein kleiner Erfolg.

Müller und sein Anwalt berieten sich fast eine Stunde lang. Walko wurde immer nervöser, und auch der Mendel gefiel das gar nicht. Ein Geständnis hätte ihnen die Arbeit wesentlich erleichtert. Als beide endlich wieder zu dem Verhör kamen, bot der Kommissar an, sich im Falle eines Geständnisses beim Staatsanwalt um ein milderes Urteil zu bemühen. Der Anwalt nickte seinem Klienten zu und daraufhin meinte Ralf Müller: „Gut, dann bin ich bereit auszusagen."

Zuerst erzählte er davon, wie er Erdmann kennen gelernt und wie sehr er ihn von Anfang an bewundert hatte. Sein Auftreten, seinen beruflicher Erfolg, den Luxus, den er sich dadurch leisten konnte. Die erste Enttäuschung kam mit der Abmachung, dass sie sich nur an den Wochenenden und auch nur bei ihm, Müller, treffen konnten. Erdmann bestand darauf, die Beziehung absolut geheim zu halten. Im Gegenzug war er aber sehr großzügig und bezahlte auch schon mal den gemeinsamen Urlaub.

„Eines Tages kamen dann die Fotos, die ich Ihnen das letzte Mal gezeigt habe", fuhr Müller fort. „Ich hatte schon lange den Verdacht, dass er mich betrügt, und nun hatte ich den Beweis. Woher die Fotos kamen, war mir egal. Allein die Tatsache, dass er mich betrog, war Grund genug, mich von ihm zu trennen. Edwin beteuerte seine Unschuld, behauptete, dass dies alles alte Aufnahmen seien aus der Zeit, bevor wir uns kannten. Ich glaubte ihm. Aber nach einer Weile kamen wieder Fotos, mit anderen Männern und mit den Daten, wann sie entstanden waren. Wieder wollte ich mich von ihm trennen, und wieder blieb ich, weil er mir versprach, damit aufzuhören."

Ralf Müller machte eine Pause und strich sich die aufsteigenden Tränen aus den Augen. „Ich habe ihn wirklich sehr geliebt und war nur allzu bereit, jede seiner Lügen zu glauben. Die Strichjungen hätte ich ihm vielleicht noch verziehen, aber die Sache mit der Frau ging zu weit."

„Mit welcher Frau?" wollte der Kommissar genau wissen.

„Ich weiß nicht, wer sie ist. Auf einmal kamen Fotos die Edwin mit einer Frau zeigten. Immer wieder neue Fotos und immer wieder dieselbe Frau. Edwin tobte, als ich sie ihm zeigte. Er witterte eine Intrige und wollte sich rächen. Zu diesem Zeitpunkt glaubte ich ihm aber schon nicht mehr. Jetzt hatte ich endgültig die Nase voll und trennte mich tatsächlich von ihm. Das schien ihn aber schon gar nicht mehr zu interessieren, er war nur mit irgendwelchen Racheplänen beschäftigt."

„Wissen Sie Genaueres darüber?" schaltete sich nun erstmals auch die Mendel in das Verhör ein.

„Nein. Es war mir auch egal, sollte er doch machen, was er wollte, solange er mich in Ruhe ließ. Ich wollte nichts mehr von ihm wissen. Aber dann kam eine anonyme Nachricht, dass Edwin diese Frau am Samstag in seiner Wohnung treffen würde. Eigentlich wollte ich nicht hingehen, aber die Tatsache, dass er eine Frau in seine Wohnung ließ, machte mich rasend. Mir hat er immer erzählt, wie sehr er die Frauen hasste, und nun lud er sie sogar in sein Heiligtum ein, das ich nur in Ausnahmefällen betreten durfte."

„Also gingen Sie hin", forderte Walko ihn auf, weiter zu reden.

„Um acht Uhr sollte die Frau kommen. Kurz vor acht war ich vor dem Haus und wartete. Aber sie kam nicht. Eine halbe Stunde blieb ich im Auto sitzen, dann ging ich hoch. Vor der Wohnungstür blieb ich stehen und lauschte. Drinnen hörte ich ein leises Stöhnen. Ich schloss die Tür auf, sah eine halbnackte Frau auf dem Sofa liegen und Edwin kam gerade frisch geduscht, lachend und hoch zufrieden aus dem Badezimmer. Das war eindeutig! Irgendwie sind bei mir dann alle Sicherungen durchgebrannt. Ich weiß auch gar nicht mehr genau, wie auf einmal dieses Messer in meine Hand kam und warum Edwin plötzlich vor mir zusammenbrach. Auf einmal lag er da auf seinem schönen weißen Sofa und alles war voller Blut." Ralf Müller starrte mit weit aufgerissenen Augen ins Leere, so als ob dort der tote Erdmann liegen würde.

„Und was geschah dann?"

„Dann hörte ich wieder dass Stöhnen. Erst jetzt begriff ich, dass die Frau gefesselt und geknebelt war. Ich band sie los und erkannte sie als die Frau von den Bildern."

„War es die hier?" Walko zeigte ihm ein Foto von Lea.

„Ja."

„Und - weiter!" forderte die Mendel ungeduldig den noch immer erschreckt wirkenden Müller auf.

„Die Frau hatte Nerven! Sie räumte alles auf, wischte die Fingerabdrücke von den Gläsern, schnappte ihre Sachen, zog den Mantel über ihre zerrissene Kleidung und redete auf mich ein. Ich solle mir keine Sorgen machen, niemand könne mir etwas beweisen, da ich ja Handschuhe anhatte, und sie würde nichts sagen. Die Polizei werde wohl früher oder später kommen, aber wenn wir beide nichts sagen würden, könnte uns niemand etwas beweisen. Dann nahm sie mich bei der Hand und führte mich aus dem Haus vor die Tür. Dort versicherte sie mir noch einmal, dass von ihr niemand etwas erfahren würde und ging."

„Und das haben Sie ihr so einfach geglaubt?" schaltete sich nun sein Anwalt ein.

„Ich stand so unter Schock, dass ich gar nicht richtig reagieren konnte. Noch bevor ich wieder einigermaßen klar im Kopf war, war sie schon weg und ich weiß bis heute nicht, wer sie ist. Was blieb mir anderes übrig, als mich auf diese Vereinbarung zu verlassen?"

Wieder schwieg Ralf Müller eine Weile und starrte dabei wieder ins Leere. Dann schüttelte er den Kopf, brachte seinen Blick zurück in die Gegenwart und meinte schließlich: „Ich habe mich daran gehalten, aber diese Zicke wohl nicht. Auf Frauen kann man sich einfach nicht verlassen, da hatte Edwin schon recht."

Die „Zicke" verzieh Walko dem Müller großzügig, hatte er doch eben gestanden, dass nicht Lea, sondern er Erdmann umgebracht hatte. Damit hatte der Kommissar die Wette gewonnen. Erst jetzt fiel ihm auf, dass die Mendel gar nicht dagegen gesetzt hatte. Nun er würde schon dafür sorgen, dass sie nicht zu billig davon kam.

Müller wurde verhaftet und abgeführt. Der Kommissar bekräftigte noch einmal sein Versprechen, sich für ein faires Urteil beim

Staatsanwalt einzusetzen. Allein der Umstand, dass es kein geplanter Mord sondern eine Handlung im Affekt war, würde ihm schon zugute kommen.

Der Mendel gefiel das Ganze gar nicht. Das Geständnis war zwar glaubhaft, warum auch sollte Müller etwas gestehen, was er gar nicht getan hatte? Aber die Strosny stand nun wieder völlig unschuldig da, ja sogar als Opfer einer Vergewaltigung. Das passte so gar nicht zu der Geschichte mit dem Privatdetektiv. Warum hatte die Strosny Erdmann zuerst beschatten lassen und sich dann mit ihm getroffen? Und wer hatte die Fotos an Müller geschickt?

„Die Strosny ist mitschuldig", stellte Marlies einfach mal so in den Raum.

„Sie haben doch eben das Geständnis gehört", stellte Walko absolut selbstsicher dagegen.

„Sie hat die Fotos an Müller geschickt und ihn damit bewusst eifersüchtig gemacht. Sie hat ihn an dem Abend dorthin bestellt und damit bewusst den Mord in Kauf genommen."

„Na, na, jetzt gehen Sie aber mal wieder zu weit. Wer weiß, vielleicht steckt ja auch der Privatdetektiv dahinter?"

„Und warum führt sie uns dann mit den bereitgelegten Unterlagen bewusst auf die richtige Spur?"

„Um ihre Unschuld zu beweisen", beharrte Walko.

„Muss sie das denn, wenn sie tatsächlich unschuldig ist?" Die Mendel ließ nicht locker. Nein, nein, so einfach war der Fall nicht, wie ihr Chef das gerne hätte. Die Strosny steckte mit drin, und das nicht nur als Opfer.

„Wie geht es ihr eigentlich?" erkundigte sich die Mendel plötzlich voller Mitgefühl.

„Ich weiß es nicht. Dr. Jonda hat sich noch nicht wieder gemeldet", fiel dem Kommissar nun auf.

„Wir sollten ihr mitteilen, dass Müller gestanden hat. Vielleicht verbessert sich dann ihr Zustand schneller." Die Mendel tat besorgt, dachte aber nur daran, möglichst schnell auch die Strosny noch zu verhören. Sie war überzeugt, dass der Fall sich dann anders darstellen würde.

„Eine gute Idee, Frau Mendel", lobte der Kommissar seine Assistentin. „Ich fahre auf dem Heimweg in der Klinik vorbei und überbringe die gute Nachricht."

Das hatte sich die Mendel gedacht. Sollte er nur gehen und Optimismus verbreiten, irgendwann musste die Strosny sprechen - je eher umso besser!

22

Überaus glücklich über Leas Unschuld schüttelte der Kommissar Dr. Jonda so kräftig die Hand, dass dieser Quetschungen befürchtete und in Gedanken schon die eindeutigen Röntgenbilder sah. Am liebsten hätte Walko seinen Rivalen umarmt, aber er konnte sich dann doch beherrschen. Als Dr. Jonda die befreiende Nachricht von Müllers Geständnis hörte, war er sofort damit einverstanden, Lea zu holen. Walko wollte ihr unbedingt von seinen Ermittlungserfolgen berichten.

Lea kam an Jondas Arm, wie immer wunderschön und immer noch fernab dieser Welt wandelnd. Als Walko anfing zu erzählen, fühlte er sich wie der Prinz, der Dornröschen aus ihrem hundertjährigen Schlaf wach küssen darf. Sein Gesicht strahlte so viel Glück aus, dass auch der Arzt davon angesteckt wurde und ebenfalls Freude und Optimismus verbreitete. Nur Lea blieb stumm und unbeteiligt.

Ausführlich und mit theatralischen Worten beschrieb der Kommissar, wie Müller endlich gestanden hatte und somit an Leas Unschuld nun kein Zweifel mehr bestand. Als er schließlich noch hinzufügte: „Ich hoffe, es geht Ihnen nun bald wieder besser, denn Ihre Zeugenaussage ist von ungeheurer Wichtigkeit!", da schien es ihm, als zeigte sie zum ersten Mal eine kleine, winzige, kaum registrierbare Reaktion. Er hatte das Gefühl, als ginge ihr Blick nicht mehr durch ihn durch, sondern sei für einen Augenblick direkt in seine Augen gerichtet. Aber er war sich nicht sicher, vielleicht war es eine Einbildung. Sein Wunsch nach einer Reaktion war so groß, dass er alles als solche gewertet hätte, dessen war er sich bewusst.

Als Walko schließlich ging, bedankte sich der Arzt sehr herzlich, dass der Kommissar sich extra die Mühe gemacht hatte, persönlich herzukommen und damit sicherlich entscheidend zum Genesungsprozess von Lea beigetragen hatte. Dr. Jonda hatte das Schlimmste befürchtet und war nun erleichtert, dass Lea nicht die Täterin war. Langsam wurde ihm auch klar, dass jener Abend in Erdmanns Wohnung und die vermutliche Vergewaltigung der Auslöser für diesen Schock gewesen sein musste. Und dass es wohl Leas Art war, sich ganz in sich zurückzuziehen, um sich vor weiteren Angriffen zu schützen. Was musste sie mitgemacht haben! Das zu verarbeiten war wirklich schwer, sehr schwer. Aber sie hatte bei ihm

Schutz und Unterkunft gesucht, das war das beste Zeichen dafür, dass sie tiefes Vertrauen zu ihm hatte und er allein ihr helfen durfte. Und das würde er tun, komme was da wolle. Endlich sah die Welt wieder besser aus, endlich bestand wieder Hoffnung.

***

Voller Elan und Tatendrang, die Lösung des Mordfalls Erdmann überall zu verkünden, machte sich der Kommissar auf den Weg zur Mutter des Opfers. Frau Erdmann war anfangs höchst erfreut über die Nachricht, dass der Mörder ihres Sohnes gestanden hatte. Die Tatsache, dass er auch der Liebhaber ihres Sohnes gewesen war, schien sie kaum zu berühren. Ja, sie schien sogar fast Verständnis für die Affekthandlung des Mörders zu haben, als sie hörte, dass er Edwin mit einer Frau erwischt hatte.

„Die Frauen von heute taugen alle nichts", schnaubte sie.

„Vermutlich hat Ihr Sohn die Frau vergewaltigt." Walko versuchte Lea in Schutz zu nehmen.

„Sie wird es nicht anders verdient haben. Ich habe Edwin immer gesagt, dass er sich auf keine andere Frau außer auf seine eigene Mutter verlassen kann", sagte sie kalt und erbarmungslos. Dann brach sie plötzlich in Tränen aus und schluchzte „Mein armer Junge! Ich wusste immer, dass eines dieser Flittchen ihm irgendwann zum Verhängnis werden würde."

Walko musste an seine eigene Mutter denken. Sie war so ganz anders. Sie freute sich immer, wenn er eine Frau mitbrachte. In letzter Zeit neckte sie ihn sogar damit, dass er ihr lange keine mehr vorgestellt hatte. Alle waren ihr bisher recht gewesen, an keiner hatte sie etwas auszusetzen gehabt. Ganz im Gegenteil, sie mochte die jungen Frauen von heute, bewunderte sie für ihre Eigenständigkeit und ein bisschen beneidete sie sie auch für die Möglichkeiten, die sie heute hatten. Vor allem würde sich seine Mutter über Enkelkinder freuen. Und wenn er eine Freundin zwei- oder gar dreimal mitgebracht hatte, dann hatte sie immer angeboten, die Kinder zu hüten, damit die Frau wenigstens zeitweise wieder in ihren Beruf zurück konnte. Und genau das war ihm gar nicht recht gewesen, denn daraufhin wollten alle immer gleich heiraten, wozu er sich bisher noch bei keiner hatte durchringen konnte.

Nein, nie mehr wollte er über seine Mutter Schlechtes sagen. Lieber ihre Eigenheiten und Einmischungen als die guten Ratschläge dieser Frau Erdmann. Sicher, die hatte ihren Edwin auch über alles geliebt, aber eben nach dem Motto „Du sollst keine anderen Götter neben mir haben". Es war ihr lieber, ihr Sohn war homosexuell, als dass er ein normales Leben mit einer Frau und vielleicht Kindern hatte.

Plötzlich hatte der Kommissar genug. Seine Geduld und sein Verständnis wandelten sich in Ekel und Verachtung. Diese Tränen um ihren Sohn wirkten plötzlich wie das Gejammer einer alten Frau, die die Schuld immer nur bei den anderen sah und daran ewig zu verzweifeln drohte. Er verabschiedete sich kurz und ging. Der Abstecher hierher war doch keine so gute Idee gewesen. Vorher war es ihm wesentlich besser gegangen. Mit Mühe versuchte er sich an Leas Reaktion zu erinnern, um das Glücksgefühl des wach küssenden Prinzen wieder zu empfinden, aber es wollte sich nicht mehr einstellen.

Diese Frau Erdmann hatte mit ihrer Negativität alles vergiftet.

23

Schon am nächsten Morgen rief ein aufgeregter Dr. Jonda an und verkündete euphorisch, dass Lea wieder völlig normal reagiere und nun auch bereit sei, eine Aussage zu machen. Wenn der Kommissar und seine Assistentin also Zeit hätten...

Und ob die beiden Zeit hatten! Darauf hatten sie doch schon so lange gewartet. Marlies, um endlich die ganze Wahrheit zu erfahren und Walko, um endlich Leas engelsgleiche Stimme zu hören. Wie auf Kommando ließen sie alles stehen und liegen, rannten fast zum Auto und fuhren mit Blaulicht zur Klinik.

Da saß sie nun, Leocadia von Strosny, zurückgekehrt aus ihrer eigenen tiefen Welt um das Geheimnis der Mordnacht endgültig zu lüften. Alle Zuhörer einschließlich Dr. Jonda waren aufgeregt wie bei einer Premiere. Dabei waren sie nicht die Akteure, sondern lediglich das Publikum. Lea allein sollte die Vorstellung geben. Und die gab sie, wie es einer Diva gebührt.

Zur Begrüßung blieb sie sitzen, zeigte ihr gütigstes Lächeln und reichte dem Kommissar huldvoll die Hand. Der war drauf und dran, ihr einen Handkuss zu geben, konnte sich im letzten Augenblick aber doch zurück halten. Selbst die Mendel war überrascht über so viel Stil und Eleganz. Die Strosny hatte sich geschminkt, trug die Haare offen, was leichte blonde Wellen um ihr Gesicht legte, und sie hatte einen äußerst schicken und geschmackvollen Hosenanzug an. Ihr Verhalten und der direkte, durchdringende Blick ließen auf ein ausgeprägtes Selbstbewusstsein schließen. Marlies schwankte zwischen Bewunderung und Neid. Diese Frau hatte eine Aura, die alles hier im Raum beherrschte, allen voran Dr. Jonda, der sie ganz offensichtlich anbetete und ihr eigentlich zu Füßen liegen müsste, anstatt stolz wie ein Pfau neben ihr zu sitzen.

„Ich danke Ihnen, dass sie sich noch einmal hierher bemüht haben", sagte Lea mit einer tiefen rauen Stimme, die den Kommissar unweigerlich zusammenzucken ließ. Damit hatte er nicht gerechnet. Er hatte eine sanfte helle Stimme erwartet, eine Stimme, die zu ihrem Äußeren und ihrem Alter passte. Dies war die Stimme einer alten, greisen Frau, deren Leben bereits vorbei war und die nichts mehr erwartete als den Tod.

„Sie, Herr Kommissar und Ihre Assistentin sind der Wahrheit schon sehr nahe gekommen, aber ich bin nicht unschuldig, wie Sie annehmen. Im Gegenteil, ich trage die volle Verantwortung für das, was in jener Unglücksnacht passiert ist. Ich habe es nicht gewollt, und dennoch ist es meine Schuld, dass der Mord passiert ist."

Lea räusperte sich mehrmals, versuchte das Raue aus ihrer Stimme zu husten, aber es blieb. Zu lange hatte sie nicht mehr gesprochen, nicht mehr ihre Stimmbänder benutzt. Schließlich begann sie von neuem zu erzählen, mit dieser alten, verlebten Stimme.

„Ich will von vorne anfangen, damit Sie verstehen können, wie sich alles entwickelt hat und warum ich die eigentliche Mörderin bin. Einige Fakten werden Sie schon kennen, aber aus meiner

Sicht ergeben sie auch für Sie vielleicht eine andere Bedeutung.

Als Erdmann damals unsere Abteilung übernahm, waren wir alle verärgert und waren uns einig, ihn möglichst schnell wieder los zu werden, denn er war uns nicht unbekannt. Er hatte sich draußen in seiner kleinen Filiale schon immer ziemlich aufgespielt. Doch keiner von uns hat ihn je wirklich ernst genommen und keiner von uns hat je damit gerechnet ihn als Vorgesetzten zu bekommen. Dafür war er aus unserer Sicht ganz einfach nicht kompetent genug. Anfangs leisteten wir tatsächlich Widerstand, aber es stellte sich sehr schnell heraus, dass er volle Rückendeckung von oben hatte. Alle seine Fehler wurden als die üblichen Anfangsschwierigkeiten entschuldigt. Er konnte machen, was er wollte, im Zweifel waren wir schuld. Die meisten meiner Kollegen gingen. Die Kollegen, die nachkamen, hatte bereits er ausgesucht, die waren ihm völlig ergeben. Was mich betrifft, so war es von Anfang an schwierig. Schon nach einem halben Jahr beurteilte er mich und erklärte in einem Nebensatz, dass er mit mir nicht „könne", die „Chemie" zwischen uns würde einfach nicht stimmen.

Mich ärgerte das Ganze. Wieso sollte ich meine geliebte Arbeit aufgeben, nur weil der meinte, mit mir nicht zu können? Unter zivilisierten Menschen mit einem gewissen Bildungsniveau muss es doch möglich sein, auch dann erfolgreich zusammenzuarbeiten, wenn man sich nicht gerade heiraten will. Wir vereinbarten eine sachliche und faire Zusammenarbeit, an die ich mich auch hielt. Ich wollte den Job behalten, also akzeptierte ich ihn als Chef. Diesen Preis war ich bereit zu zahlen. Mit der

Zeit allerdings merkte ich, dass er eine andere Strategie verfolgte. Mir wurde klar, dass ich irgendwann gehen musste, und dass er diesen Prozess beschleunigen würde. Sein erster Schritt in diese Richtung war ein neuer Kollege, mit dem ich das Büro teilte. Er war der absolute Liebling des Chefs, und wie sich bald herausstellte, berichtete er ihm alles, was ich tat und nicht tat. Für mich war das ein unmögliches Arbeitsklima. Immer auf der Hut sein, immer alle Regeln genau beachten, immer auf jedes Wort aufpassen, das meine Lippen verlässt. Ich beschloss auch zu gehen, aber nicht irgendwohin, sondern es sollte eine vergleichbare Aufgabe sein, die mir genauso Spaß machen würde.

Dann geschah leider das Schlimmste, was ich mir je hatte vorstellen können. Meine Eltern verunglückten. Sie wissen, mein Vater starb und meine Mutter wurde zu einem Pflegefall. Die beruflichen Schwierigkeiten wurden mir völlig egal. Alles was noch zählte, war meine Mutter und wie ich ihr das Leben wieder einigermaßen erträglich machen konnte. Ich nahm eine größere Wohnung draußen im Grünen, stellte eine Pflegerin für den Tag an und versorgte sie abends und in der Nacht selbst. Es war eine sehr schwere und zugleich sehr intensive Zeit. Irgendwie ahnten wir wohl beide, dass die verbleibende Zeit nur allzu kurz sein würde. Wir waren uns nie näher als in diesen wenigen Monaten und ich bin froh, ihr wenigstens einen kleinen Teil dessen zurückgegeben zu haben, was sie mir an Liebe und Verständnis mit auf den Weg gab."

Lea stockte. Große Tränen stiegen ihr in die Augen und liefen über das unendlich traurige Gesicht. Aber es kam kein Schluchzen, kein Weinen. Starr und bewegungslos saß sie da, ließ den Tränen ihren Lauf, die der einzige Ausdruck des tiefen Schmerzes waren, den ihre Seele freigab. Irgendwann nahm sie das angebotene Taschentuch von Dr. Jonda, trocknete ihr Gesicht und schenkte ihm ein schwach angedeutetes Lächeln des Dankes.

„Noch heute bedauere ich zutiefst, dass ich nicht ganz aufgehört habe zu arbeiten, um alle Zeit mit ihr verbringen zu können. Aber ich brauchte das Geld für unseren Unterhalt, und es war auch nicht absehbar, wie lange sie noch leben würde. Ich hoffte immer, dass sie sich wieder so weit erholen würde, dass sie noch ein paar Jahre, wenn auch mit Einschränkungen, leben konnte. Deshalb bat ich Erdmann auch mehrmals, meinen Arbeitsvertrag in einen Teilzeitvertrag zu ändern. Eigentlich war das in seinem Interesse, denn wenn es ums Kostensparen ging, war er immer dabei. Es war karriereförderlich. Aber auch dieses Mal hielt er mich hin. Er beteuerte zwar immer wieder, er würde sich bemühen, aber es tat sich nichts. Stattdessen sparte er ganze Stellen ein von Kollegen, die gegangen waren. Diese Stellen wurden nicht mehr neu besetzt, sondern einfach auf die übrigen Mitarbeiter verteilt. So musste ich noch mehr arbeiten, und an eine Arbeitszeitverkürzung war schließlich gar nicht mehr zu denken.

Ich nahm es einfach hin. Die Pflege meiner Mutter beanspruchte alle meine Kraft, da blieb nichts mehr übrig, um auch noch mit meinem Chef zu kämpfen. Und vor allem war ich froh, dass meine Arbeit von alleine lief. Hätte ich zu jenem Zeitpunkt gewechselt, dann hätte ich viel mehr Energie und Konzentration für das Neue benötigt, die ich damals schon nicht mehr hatte und die ich auch viel lieber meiner Mutter gab.

Und dann starb sie doch, meine Mutter. Plötzlich, ohne jede Vorwarnung und viel zu früh. Nun war ich ganz allein. Ich ließ ihr Zimmer wie es war, damit wenigstens die Erinnerung bleiben konnte. Die Gespräche mit Dr. Jonda hatten mich seit dem Unfall immer wieder gestützt und mir Kraft gegeben, aber nun schien alles so sinnlos. Nun wurde mir auch der Verlust meines Vaters erst so richtig bewusst und es war, als ob ich doch beide auf einmal verloren hatte. Das Einzige was geblieben war, waren meine Arbeit und die Termine bei Dr. Jonda."

Sie blickte traurig zu ihm und er lächelte ihr aufmunternd zu.

„Er gab sich wirklich die größte Mühe, mich aus diesem Trauertal zurückzuholen, aber ich saß tief, zu tief in diesem schwarzen Loch. Irgendeine Kraft ließ mich trotzdem jeden Morgen aufstehen, um ins Büro zu gehen. Wenn auch das Arbeitsklima nicht stimmte, so hatte ich doch jeden Tag ein kleines Erfolgserlebnis durch den Umgang mit den Kunden. Meine Arbeit wurde mein Halt, mein Strohhalm, an den ich mich klammerte, um nicht ganz unterzugehen. Da war etwas, das mich an diesem Leben festhalten ließ, für das es sich lohnte, weiter zu leben. Man sagt, Arbeit sei die beste Therapie, und ich weiß nun, dass es stimmt."

Wieder machte sie eine Pause. Ihre Stimme war etwas weicher geworden, kratzte nicht mehr so, aber sie war noch immer tief und dunkel. Ihr Blick hatte sich abgewendet aus diesem Raum, starrte in eine ferne Zeit der Vergangenheit.

„Und dann kamen die falschen Anschuldigungen", versuchte Walko, ihr weiter zu helfen. Lea sah kurz zu ihm hin, als ob sie seine Einmischung für unangebracht hielt und erzählte dann weiter.

„Ja, dann fing das Spießrutenlaufen erst richtig an. Mein Kollege stellte Behauptungen über meine Arbeitsweise und mein Verhalten auf, die absolut böswillig und grotesk waren. Er hatte sich gut vorbereitet, das war mir klar, und vor allem hatte er sich zuvor der Zustimmung sämtlicher Kollegen versichert. Es war ein abgekartetes Spiel. Die Kollegen taten so, als ob sie von nichts wüssten, mieden mich aber, wo immer sie nur konnten und waren über alles genauestens informiert. - Widerliche Feiglinge", setzte sie in einem solch verächtlichen Ton dazu, dass selbst Dr. Jonda erstaunt reagierte.

„Es war mir aber von Anfang an klar, dass Erdmann dahinter steckte", fuhr sie noch arroganter fort. „Ein Typ wie mein Kollege hat doch nicht die Courage, zum Angriff überzugehen, wenn er sich nicht der absoluten Rückendeckung seines Chefs sicher ist. Und genau so war es auch. Erdmann forderte mich auf, zu den Vorwürfen Stellung zu nehmen, obwohl er genau wusste, dass die nicht stimmten. Wie Sie wissen, hat er später alles wieder zurückgenommen und das Gegenteil behauptet. Aber in jenem Augenblick versuchte er, mich unter Druck zu setzen. Er hatte wohl geglaubt, ich würde mich nicht mehr wehren, nachdem ich so lange alles hingenommen hatte. - Aber dieses mal war er zu weit gegangen!" Leas Worte hatten einen drohenden Ton, der allen im Raum einen leichten Schauer über den Rücken wandern ließ.

„Dieses Mal hatte er sich total überschätzt. Die Vorwürfe zu widerlegen war nicht das Problem.

Das Problem war, dass ich nun völlig isoliert war. Keiner hielt mehr zu mir. Was ich auch sagen würde, es würde alles negativ ausgelegt werden. Also brauchte ich einen Zeugen, und Frau Weiser tat mir den Gefallen. Die ganze Affäre zog weite Kreise. Als Erdmann begriff, dass ich den Vorfall aus der Abteilung trug, hin zum Betriebsrat, da rannte er sofort zu seinem Chef, und der zitierte mich umgehend zu sich und versuchte, weiteren Druck auszuüben. Mit diesem Mann hatte ich noch nie ein Gespräch geführt, aber er wusste von vornherein, dass ich das Problem der ganzen Abteilung war. Erdmann hatte ganze Arbeit geleistet. Die Aktion war von langer Hand vorbereitet worden. Alle wussten Bescheid über mich, nur ich ahnte von nichts. Von nun an war klar, dass ich zwar die Schlacht gewinnen würde, den Krieg aber längst verloren hatte. Dort konnte ich nicht mehr bleiben. In dem offiziellen Gespräch, in dem alle Parteien das Problem zu lösen versuchten, wurden wie immer viele gute Worte verschwendet. Erdmann und auch meine Kollegen waren zur Versöhnung bereit und boten mir einen Neuanfang an. Ich wusste nur zu gut, dass sie das nur taten, weil Frau Weiser dabei war.

Ha - Die boten *mir* einen Neuanfang an!" Leas Stimme wurde fast hysterisch. „Ich war verleumdet worden, keiner hatte sich entschuldigt, aber man reichte mir großzügig die Hand zur Versöhnung! Welcher Zynismus noch in diesem Augenblick.

Ich bestand auf Versetzung, und innerhalb weniger Tage war eine neue Stelle innerhalb des Hauses gefunden. Ein eindeutiger Beweis dafür, wie froh die waren, mich endlich los zu sein."

In den Augen der Strosny loderte plötzlich ein

Feuer, das der Hölle entsprungen sein musste. Da war kein Funken des Schmerzes und der Trauer mehr, nein, da entsprang die Wut und entwickelte sich zu blankem Hass. Einem Hass, der alles wegfegen würde, was sich ihm in den Weg stellte.

„Das war mir eine Lehre gewesen. Das würde mir nicht noch einmal passieren. Die neue Stelle war mir egal. Der Job langweilte mich unendlich. Innerhalb weniger Wochen hatte ich mich völlig eingearbeitet, stellte mich gut mit dem Chef und den Kollegen und tat so, als ob alles in Ordnung wäre. Auch die Termine bei Dr. Jonda sagte ich ab. Es brachte ja doch nichts. Dieses ewige Suchen in der Vergangenheit, dieses unergiebige Analysieren der Kindheit, die vermeintliche Schuld der Eltern, es kotzte mich an. Ich hatte trotzdem alles verloren."

Dr. Jonda war entsetzt über diese Offenheit, aber Lea beachtete ihn gar nicht.

„Ich sann auf Rache. Dieser Erdmann musste zahlen für das, was er mir angetan hatte. Wieder einmal war er davon gekommen, ohne auch nur einen Kratzer dabei abbekommen zu haben. Das sollte nun endlich ein Ende haben. Ich hatte schon lange den Verdacht, dass er privat einiges zu vertuschen hatte, also engagierte ich einen Privatdetektiv. Der war zu dumm, um rauszukriegen, wer sein Auftraggeber war, und erst nachdem ich ihn auf das Offensichtliche gestoßen hatte, brachte er mir endlich die eindeutigen Fotos.

Diese Fotos schickte ich an alle Vorgesetzten von Erdmann, bis hin zum Vorstand. Soweit ich weiß, hatte Erdmann daraufhin ein Gespräch mit seinem Chef, aber es blieb ohne Konsequenzen. Die Herren deckten alles. Die bilden einen geschlossenen

Club, und da muss offenbar mehr sein als eine simple Neigung zu Strichjungen, damit einer ausgeschlossen wird. Beruflich war also nichts zu machen. Sollte er wenigstens privat ein paar mehr Schwierigkeiten kriegen. Sein Lover, Ralf Müller, war da schon leichter zu beeinflussen. Aber leider nicht nur von mir, sondern auch von Erdmann. Der hat es doch immer wieder fertig gebracht, dass Müller ihm verzieh. Aber Müller wurde langsam unruhig, vertraute ihm nicht mehr blind. Es bedurfte nicht mehr allzu viel, damit er Erdmann endgültig verlassen würde. Und was trifft einen Schwulen mehr als alles andere? Wenn er mit einer Frau betrogen wird. Das Problem war nur, dass Erdmann den Frauen normalerweise aus dem Weg ging. Er hatte Angst vor ihnen, vor allem vor starken, unabhängigen Frauen, und die übrigen verachtete er zutiefst als das schwache Geschlecht, das seiner unwürdig war."

Lea lehnte sich majestätisch zurück, blickte selbstgerecht zur Mendel hinüber, als ob sie deren Zustimmung erwartete, sprach dann aber weiter, ohne eine Reaktion abzuwarten.

„Also entschloss ich mich, selbst in das Geschehen einzugreifen. Unter dem Vorwand, mich mit Erdmann aussöhnen zu wollen, traf ich mich mit ihm. Er war so geschmeichelt in seiner Eitelkeit, dass er sich großzügig und wohlwollend mir gegenüber zeigte. Und jedes Wort, mit dem ich um seine Gunst warb, verstärkte seine Egozentrik, so dass er überhaupt nicht merkte, wie viel Überwindung mich dieses ganze Schauspiel kostete. Mir wird heute noch schlecht, wenn ich nur an seine schmierigen Krawatten denke. Ich wette, dass er sie schon gebunden gekauft hat und niemals wieder neu band!"

Jetzt musste Marlies laut lachen. Wenn sie die Strosny auch nicht leiden konnte, so hatten sie doch beide dieselbe Abneigung gegen gebundene Krawatten. Eine seltsame Gemeinsamkeit.

Lea überhörte dieses Lachen. Sie war so tief in ihren Erinnerungen versunken, dass sie die Außenwelt wieder völlig vergessen hatte. Nur blieb sie diesmal nicht stumm, sondern erlaubte ihrer Stimme, durch Worte ihre Gedanken zu formulieren, so dass die Zuhörer endlich einen Einblick in ihr Seelenleben bekamen. Lea war sich dessen in diesem Augenblick nicht bewusst. Sie schüttelte sich bei dem Gedanken an Erdmanns Krawatten und erzählte dann weiter.

„Wir trafen uns zwei oder drei Mal. Dieser Privatdetektiv leistete gute Arbeit, die Fotos wirkten tatsächlich so, als hätte ich mit Erdmann heftig geflirtet. Dann entband ich ihn von seinem Auftrag und erreichte genau das, was ich wollte: Er wurde neugierig und schnüffelte auf eigene Faust weiter. Endlich kam er auch dahinter, dass ich sein Honorar gezahlt hatte.

An Müller schickte ich die Fotos, eines nach dem anderen, und es dauerte nicht lange, da hatte ich auch hier erreicht, was ich wollte. Er trennte sich von Erdmann. Erdmann rief mich umgehend an, tat so, als ob er mich unbedingt wieder sehen wolle und lud mich zu sich in seine Wohnung ein. Mir war sofort klar, er hatte herausbekommen, dass ich hinter all diesen Fotos steckte. Und nun wollte er sich an mir rächen. Ich nahm die Einladung an. Dann schickte ich Müller eine Notiz mit Ort und Zeitpunkt, zudem er Erdmann in flagranti ertappen könne und vertraute auf die Neugier des Detektivs. Kenngott folgte mir tatsächlich an jenem Abend, aber dieser Müller kam zu spät, viel zu spät."

Hier stockte Lea und fing an, schwerer zu atmen. Die folgenden Bilder ihrer Erinnerung schienen sie noch immer in Angst und Schrecken zu versetzen. Es kostete sie offensichtlich große Überwindung, weiter zu sprechen und sie tat es nun in einem völlig anderen Tonfall. Da war keine Spur von Arroganz mehr, sondern tiefe Verzweiflung in ihrer Stimme.

„Ich hatte versucht, mich auf alles gefasst zu machen, auch darauf, dass Erdmann zudringlich werden würde. Ich hatte geglaubt, es ertragen zu können. Ich hatte geglaubt, im entscheidenden Moment eine Trennung zwischen Geist und Körper erreichen zu können, um es einigermaßen unbeschadet zu überstehen. Schließlich war ich ja diejenige, die das Spiel angefangen und die Regeln aufgestellt hatte. Aber dieses Mal hatte ich Erdmann unterschätzt. Ich hatte nicht mit seiner Brutalität gerechnet, einer Brutalität, die ich zutiefst verabscheue und von der ich mir nie hatte vorstellen können, jemals mit ihr in Berührung zu kommen.

Ich hatte kaum an meinem Glas genippt, da hat er mir auch schon von hinten einen Knebel in den Mund gedrückt, und bevor ich reagieren konnte, fesselte er mir die Hände und band meine Beine am Sofa fest. Ich war völlig überrumpelt und durcheinander. Aber er ließ mir Zeit, mich auf die neue Situation einzustellen und genoss jeden Augenblick, in dem ich in seiner Gewalt war. Sein Sadismus kannte keine Grenzen. Zuerst beschimpfte er mich, dann lachte er, fing an mich zu quälen, zerriss meine Kleidung, langsam und genüsslich. - Schrecklich immer wieder dieses Lachen. - Er steigerte sich so sehr hinein, dass ich manchmal fürchtete, für alle Frauen dieser Welt büßen zu müssen. Es war grauenvoll. Ich hoffte und betete, dass endlich Müller kommt, damit dieser Spuk ein Ende haben würde. Seltsamerweise fühlte ich in dieser Zeit kaum Angst, ja ich konnte eigentlich alles genau beobachten und analysieren. Es war tatsächlich so, als ob ich meinen Körper verlassen hätte und nun aus sicherer Distanz alles betrachtete. Doch schließlich drang er in meinen Körper ein, und damit verlor ich den rettenden Abstand. Plötzlich war er mir so nah und tat mir so weh, und ich konnte nicht weg, war gefesselt und geknebelt, ihm völlig ausgeliefert."

Leas´ Gesicht verzerrte sich und zeigte den unsagbaren Schmerz, der ihr in jener Nacht zugefügt worden war. Sie atmete kaum noch, hielt immer wieder die Luft an, so als ob sie es dadurch besser aushalten könne.

„Sein Atem war mir so nah, sein widerlicher Atem. Ich hoffte zu ersticken, doch es war mir nicht vergönnt. Ich musste es ertragen bis zum bitteren Ende. Als er schließlich aufstand, um sich zu duschen, da hatte ich jede Hoffnung auf den Tod verloren. Es war vorbei. Aber nichts würde je wieder so sein, wie es einmal war."

Wieder stockte sie. Dann beruhigte sich ihr Atem und ihr Gesichtsausdruck entspannte sich, aber es war keine Erleichterung darin zu sehen, eher eine Ausdruckslosigkeit, die die Hoffnungslosigkeit zu verbergen suchte. Ihr Blick blieb auf einen imaginären Punkt gerichtet, und von nun an sprach sie sehr sachlich und kühl weiter.

„Müller kam, erblickte mich auf dem Sofa und sah Erdmann aus dem Badezimmer kommen.

Plötzlich hatte er ein Messer in der Hand und stach blitzartig auf Erdmann ein. Der sank völlig überrascht auf das Sofa. Ich glaube, er war sofort tot. Es dauerte eine Ewigkeit, bis Müller mich endlich los band. Er stand so unter Schock, dass er überhaupt nichts mehr begriff. Also musste ich alle Spuren verwischen und ihn aus der Wohnung schleppen.

Bei allem, was Erdmann mir angetan hatte - das habe ich nicht gewollt, und vor allem wollte ich nicht, dass dieser dumme Junge auch noch in die Sache verwickelt wird. Ich hatte das Spiel zu weit getrieben. Erdmann hatte sich gerächt auf die fürchterlichste Art und Weise, aber dieser Müller ist unschuldig in alles hinein geraten. Ich habe ihn manipuliert. Ich habe ihn zu dieser Eifersucht getrieben. Ich bin verantwortlich dafür, dass er schließlich durchdrehte und Erdmann erstach. Ich bin die eigentliche Mörderin.

Das alles war mir durch das Blut auf dem Sofa klar geworden. Mein einziger Gedanke war, dass ich für alles verantwortlich bin, was geschehen war, und dass ich Müller schützen musste. Deshalb verwischte ich alle Spuren, sagte ihm dass er alles leugnen müsse und dass niemand ihm etwas beweisen könne. Ich weiß nicht, ob er das an jenem Abend überhaupt begriffen hat.

Einerseits sah ich alles ganz klar, andererseits wusste ich nicht, was ich tun sollte. Ich wollte nur noch nach Hause, mich endlich wieder zurückziehen können, mich endlich wieder sicher fühlen können. Zuerst musste ich duschen, ich versuchte, allen Schmutz mit Wasser und Seife los zu werden, aber es ging nicht. Dann wusch ich alle Kleider und brachte die zerrissenen Sachen in den Müll. Ich räumte die ganze Wohnung auf und versuchte, durch diese Ordnung wieder Ordnung in meine Gedanken, meine Gefühle, mein Leben zu bringen. Vergeblich. Was ich auch tat, ich konnte nicht vergessen, was geschehen war. Dann spürte ich, wie langsam der Schock einsetzte. Meine Hände fingen an zu zittern, und ich konnte kein Wort mehr über meine Lippen bringen. Mir wurde klar, dass ich wieder in eine Apathie fallen und dieses Mal vielleicht nicht mehr alleine herausfinden würde. Also nahm ich die letzte Kraft zusammen, legte die Unterlagen des Beschattungsauftrages bereit, schrieb meiner Nachbarin eine Notiz, dass ich in Urlaub sei und sie sich bitte um meine Pflanzen kümmern solle und schließlich noch einen Brief an Dr. Jonda. Dann packte ich das Nötigste zusammen, nahm ein Taxi und fuhr hierher."

Jetzt blickte sie liebevoll und dankbar zu Dr. Jonda, der diese unverhoffte Gunst ebenso liebevoll mit einem warmen Händedruck erwiderte.

„Ich hatte gehofft, dass die Polizei irgendwann in meine Wohnung kommen würde", sagte sie zum Kommissar und blickte ihn klar und offen an. „Durch den Schock war ich nicht mehr in der Lage, Ihnen direkt zu helfen, aber ich wollte meinen Teil zur Aufklärung beitragen. Mir war klar, dass Müller nicht die Nerven haben würde, auf Dauer diesem Druck standzuhalten. Er hat zwar zugestochen, aber ich bin dafür verantwortlich. Ich bin die eigentlich Schuldige und werde auch die Konsequenzen dafür tragen."

Walko war entsetzt. Mit diesem Geständnis hatte Lea sich schwer belastet.

„Über die Schuldfrage muss das Gericht entscheiden", sagte er sachlich, versuchte aber vor allem, sich selbst damit zu trösten. Er wusste im Augenblick selbst nicht mehr, was Schuld und Unschuld war. Das Bild seiner Lea, das er sich in der Zeit ihres Schweigens aufgebaut hatte, passte überhaupt nicht mehr zu der Frau mit der tiefen, alten Stimme, die ihm gegenüber saß und eben noch auf eine blasierte Art und Weise ein trauriges Geständnis abgelegt hatte.

Auch Marlies war verwirrt. Sie war zwar von Anfang an von der Schuld der Strosny überzeugt gewesen, doch die Wahrheit sah nun ganz anders aus, als sie erwartet hatte. Leocadia von Strosny war Täterin und Opfer zugleich und beide Male auf eine abscheuliche Weise. Sie hatte schamlos, fast zynisch mit den Gefühlen anderer Menschen gespielt und war selbst in die Hände eines brutalen Vergewaltigers gefallen. Bei aller Abneigung gegen die Arroganz der Strosny hatte Marlies doch auch Mitleid für die geschändete Frau.

„Der Staatsanwalt wird Anklage gegen Sie erheben", versuchte die Mendel, ihren Chef auf seine Aufgabe hinzuweisen.

„Ob Sie in Untersuchungshaft kommen oder nicht, das wird der Haftrichter entscheiden müssen", sagte Walko zu Lea und kam damit seinen dienstlichen Pflichten nach. „Von einer sofortigen Festnahme will ich absehen, wenn Sie, Herr Dr. Jonda, die Verantwortung für den weiteren Aufenthalt von Frau von Strosny übernehmen, aber sobald sie entlassen werden kann, muss ich umgehend informiert werden."

Dr. Jonda stimmte diesem Angebot nur allzu gern zu, hatte er doch auf diese Weise Lea noch eine kleine Weile in seiner unmittelbaren Nähe.

Lea dankte dem Kommissar für sein Entgegenkommen und schenkte ihm einen tiefen warmen Blick, der ihn verwirrte und leicht erröten ließ. Walko und die Mendel verließen die Klinik. Beide blieben schweigsam, bis sich ihre Wege trennten und jeder in seiner vertrauten Umgebung noch einmal über alles nachdenken konnte.

24

Der Kommissar und seine Assistentin gingen ungewohnt behutsam miteinander um. Der Fall war gelöst, aber keiner von beiden war glücklich oder auch nur zufrieden damit. Die Arbeit ging weiter. Walko bat die Mendel, ein Protokoll des Geständnisses anfertigen zu lassen, das sie auf einem Tonband aufgezeichnet hatten. Er wollte Leas Stimme auf keinen Fall mehr hören, zu groß war der Schock der Enttäuschung.

Äußerst zuvorkommend und voller Verständnis übernahm Marlies diese Aufgabe gern. Die Tatsache, dass sie Recht behalten hatte, was die Schuld der Strosny betraf, erfüllte sie kein bisschen mit Stolz. Im Gegenteil, irgendwie wünschte sie nun, sie hätte sich geirrt, und alles wäre wirklich „nur" ein Mord aus Eifersucht gewesen. Leas Schicksal berührte die Mendel zutiefst. Sie hielt Lea nicht für wirklich böse, denn dann hätte sie alles auf Müller geschoben und ihre eigene Schuld vertuscht. Und wer weiß, vielleicht wäre ihr damit das perfekte Verbrechen gelungen. Die Übernahme der vollen Verantwortung hatte bei Marlies großen Respekt für Leocadia von Strosny hervorgerufen.

Walko ging zum Staatsanwalt und erntete

großes Lob für seinen Erfolg, worüber er sich überhaupt nicht freuen konnte. In der Frage der Inhaftierung konnten sich beide nicht einigen. Der Staatsanwalt bestand auf Untersuchungshaft, und Walko sah überhaupt keinen Grund dafür. Schließlich hatte Lea ja zumindest passiv zur Aufklärung des Falles beigetragen und bereitwillig ein volles Geständnis abgelegt. Er sah keine Fluchtgefahr. Der Haftrichter schließlich fand einen Kompromiss, mit dem beide einverstanden waren. Sobald Lea aus der Klinik kam, sollte ein Gutachten über die Haftfähigkeit oder mögliche Fluchtgefahr erstellt werden.

Jeden Tag rief Dr. Jonda aus der Klinik an, um dem Kommissar von den neuesten Fortschritten bei Leas Genesung zu berichten. Anfangs nahm Walko die Gespräche noch selbst entgegen, aber irgendwann bat er seine Assistentin, auch dies für ihn zu übernehmen. Langsam hasste der den ganzen Fall Erdmann und wünschte, dass endlich alles vorbei war. Sobald Lea aus der Klinik kam, konnte er sich aus der ganzen Sache zurückziehen und musste dann nur noch als Zeuge beim Prozess aussagen.

Marlies beobachtete ihren Chef in dieser ruhigen Zeit besonders. Obwohl er sich bemühte, nur wenige seiner wahren Gefühle zu zeigen, nahm sie doch wahr, wie sehr ihn das Ganze mitnahm und wie feinfühlig seine männliche Natur im Grunde war. Vielleicht war er in zu sensibel für einen Kommissar, der eigentlich hartgesotten sein musste, aber genau das schätzte sie so sehr an ihm. Nach all den Jahren in diesem Job mit vielen grausigen Mordfällen war er nicht abgestumpft, hatte er sich sein Mitgefühl für die großen menschlichen Tragödien, die oftmals hinter einem solchen Verbrechen stehen, erhalten.

Langsam begriff die Mendel, dass die Aufklärung eines Mordfalles kein intellektuelles Spiel war. Es ging nicht darum, wer von beiden Recht hatte, wessen Spürsinn und Intuition oder gar logische Schlussfolgerung besser war. Es ging um Menschen und deren Schicksale, und es waren immer die tragischen Ereignisse, mit denen sie sich zu beschäftigen hatten. Was immer sie auch ermitteln und aufdecken würden, niemals würden sie auf die schönen und angenehmen Dinge des Lebens stoßen, sondern immer nur auf die dunkle Seite der menschlichen Natur. Und die wirklich bösen Menschen sind selten. In den meisten von uns steckt der Drang nach dem Guten, wenn die Verbrechen auch eher das Gegenteil vermuten lassen. Die Gründe dafür verbleiben meist im Verborgenen, nur das zeitlich Nahe liegende wird sichtbar.

Selbst hinter der schmierigen, gebundenen Krawatte Erdmanns steckte ein Mann mit allen menschlichen Gefühlen und Sehnsüchten nach Wärme, Nähe und Anerkennung. Wie auch immer er diesen urmenschlichen Drang zu verwirklichen suchte, darüber zu urteilen wollte Marlies sich nicht mehr anmaßen. Wenn ihr seine Art auch zuwider war, so gab es doch Leute, die seinen Weg mit Achtung vor seinem Erfolg und mit Sympathie begleitet hatten. Ebenso die Strosny. Was auch immer sie erlitten hatte, durch das Schicksal und durch Erdmann, war ihr Vorgehen deshalb entschuldbar? Wenn Marlies auch ein gewisses Verständnis dafür aufbringen konnte, so hatte aber doch auch Lea die Grenzen der menschlichen Würde überschritten und sich damit ebenso egoistisch und menschenverachtend gezeigt, wie sie es Erdmann vorgeworfen hatte.

Was ist gut, was schlecht? Was kann toleriert, was akzeptiert werden? Wo sind die Grenzen, an denen die Gesellschaft mit Gesetzen einschreiten muss? Bisher hatte Marlies immer an die festen Werte der Moral geglaubt, aber nun erkannte sie mit Erschrecken, dass es die nicht gab. Alles war fließend, alles konnte man so oder anders auslegen. Die Anwälte vor Gericht würden genau mit diesen Mitteln kämpfen, und das Gericht würde sich beeinflussen lassen, nicht nur von überzeugenden Argumenten, sondern auch von der herrschenden Meinung innerhalb der Gesellschaft. Immer spielt auch der Zeitgeist bei der Straffindung eine entscheidende Rolle. Hatte man früher einem Angeklagten böse Absichten unterstellt, so überlegt man heute, ob er zum Tatzeitpunkt überhaupt voll schuldfähig war. Genau diese Frage wird wohl auch in diesem Prozess eine entscheidende Rolle bei der Findung des Strafmaßes spielen.

Marlies war hin und her gerissen von all diesen Gedanken. Sie konnte selbst zu keinem Urteil kommen und beneidete die Richter nicht um ihre Aufgabe. Ihre Arbeit war nun fast beendet, und eigentlich konnte sie vollauf zufrieden sein, den Fall gelöst zu haben. Sie hatte die Erfahrung gemacht, dass ihre Intuition die richtige war für diesen Job. Sie war überaus erfolgreich gewesen, aber sie konnte den Blick nicht wenden von all dem Schicksalhaften, das hinter diesem Mord stand. Die Fähigkeit, die Zusammenhänge zu erkennen, ganzheitlich zu denken, war der Schlüssel zur erfolgreichen Polizeiarbeit. Aber zugleich war es auch ein Fluch, denn sie konnte jetzt nicht einfach den Fall zu den

Akten legen und im nächsten ermitteln. Sie fand den inneren Abstand zum fremden Schicksal nicht, der zur Professionalität gehört, und sie sah, dass Walko ihn diesmal auch nicht fand. Da saßen sie nun wie Trauerklöße, zwei erfolgreiche Ermittler am Ende eines gelösten Mordfalles.

***

Dr. Jonda berichtete jeden Tag mit euphorisch von Leas Fortschritten, und eines morgens kündigte er ihre Entlassung an. An diesem Tag wollte er unbedingt den Kommissar persönlich sprechen, um ihm das mitzuteilen. Vertraulich fügte er dann noch hinzu: „Auch ihre Stimme ist wieder so lieblich wie zuvor! Herr Kommissar, die müssen Sie unbedingt hören. Kommen Sie gleich vorbei, Lea erwartet Sie schon."

Walko und die Mendel fuhren hin, diesmal nicht mit Blaulicht und etwas langsamer. Dr. Jonda erwartete beide und trotz seiner Freude über die Genesung war er auch traurig, dass er Lea nun aus seiner Obhut geben musste. Gemeinsam gingen sie in das Krankenzimmer, um die Patientin abzuholen. Koffer und Taschen waren gepackt, alles stand bereit, nur Lea fehlte. Der Arzt vermutete, dass sie sich noch von Mitpatienten verabschieden würde und suchte in den Nachbarzimmern. Vergebens. Niemand hatte sie gesehen. Niemand wusste, wo sie war, auch das Pflegepersonal war überfragt. Der Kommissar und seine Assistentin durchsuchten das Zimmer und fanden einen Zettel, auf dem stand: „Entschuldigung. - Lea". Beide konnten es zuerst nicht fassen, aber allmählich wurde ihnen klar, dass die Strosny geflohen war.

Auch Dr. Jonda war fassungslos. „Sie sprach

noch heute Morgen davon, wie froh sie sei, endlich alles geklärt zu haben. Ich hatte den Eindruck, dass das Geständnis eine große Erleichterung für sie war und sie dem Prozess mit Zuversicht entgegen sah."

„Glauben Sie, sie könnte sich was antun?" wollte Marlies wissen.

„Das kann ich mir absolut nicht vorstellen. Sie hätten sie die letzten Tage sehen sollen. So viel innere Ruhe und Ausgeglichenheit habe ich selten bei einem Menschen erlebt. Sie war mit sich und ihrem Schicksal im Reinen. Warum sollte sie sich das Leben nehmen?"

Das wusste keiner zu beantworten. Das einzig Klare im Moment war, dass eine geständige Tatverdächtige flüchtig war. Und der Kommissar musste nun, ob er wollte oder nicht, die Fahndung nach ihr einleiten. Zusammen mit seiner Assistentin fuhr er zur Wohnung der Strosny, doch die war leer und laut Aussage der Nachbarin war Lea auch seither nicht dort aufgetaucht. Kein Taxifahrer hatte sie von der Klinik oder sonst irgendwo hin gefahren. Niemand hatte sie gesehen. Schließlich entschloss man sich, die Presse einzuschalten, indem man ein Foto von Lea veröffentlichte.

Am Tag des Erscheinens riefen tatsächlich ein paar Leute an, aber noch bevor sie auch nur einer Spur nachgehen konnten, kam folgender Brief:

„Lieber Herr Kommissar Walko, Liebe Frau Mendel!
Ich möchte mich noch einmal entschuldigen, dass ich Ihnen so viel Ärger bereitet habe. Es tut mir auch leid, dass ich den armen Dr. Jonda so täuschen musste, aber es gab keinen anderen Weg. Ich werde mich einem Gericht stellen und die Verantwortung

für mein Tun und Handeln übernehmen. Es wird kein irdisches Gericht mehr sein, ich stelle mich dem göttlichen. Die Strafe für meinen Teil der Schuld hätte ich in diesem Leben ertragen, aber nicht die Folgen jener schrecklichen Nacht, die meine Rache mit sich brachte. Es ist nicht mehr nur mein Leben, das verpfuscht ist, es ist auch das Leben in meinem Bauch, das keine Chance auf eine unbelastete Zukunft hat.

Leben Sie wohl.

Lea v. Strosny."

Sie hatte Hotelbriefpapier benutzt und so mitgeteilt, wo sie zu finden sei. Walko und Marlies fuhren sofort hin und kamen doch zu spät. Kurz nach ihnen traf Dr. Jonda ein, der ebenfalls einen Abschiedsbrief erhalten hatte. Er konnte nur noch Leas Tod feststellen. Der Gesichtsausdruck der Toten war unendlich traurig. Auf dem Nachttisch neben den Tablettenröhrchen fanden die Beamten einen weiteren Abschiedsbrief, in dem sie noch einmal alle Verantwortung auf sich nahm und Ralf Müller entlastete.

Die gerichtsmedizinische Untersuchung bestätigte die Schwangerschaft. Die Tabletten, mit denen sich Lea das Leben genommen hatte, hatte sie von Dr. Jonda erhalten, nachdem ihre Mutter verstorben war. Sie hatte sie offenbar aufgehoben für den Augenblick, da sie sie wirklich brauchen würde. Dieser Augenblick war gekommen, und niemand hatte es bemerkt. Alle waren fassungslos über diesen Schritt, mit dem niemand gerechnet hatte. Lea hatte den Mut und die Stärke besessen, die Verantwortung für ihre Tat zu übernehmen. Aber mit dem Schicksal, das ihr nun bevorstand, war auch sie überfordert.

Wieder hatte sie sich niemandem anvertraut und wieder nicht um Hilfe gebeten. Stattdessen war sie alleine den letzten Weg gegangen.

25

Dr. Jonda machte sich schwere Vorwürfe, dass er Leas wahren Zustand nicht erkannt hatte. Jetzt, nachdem sie tot war, wurde ihm klar, dass ihre Ausgeglichenheit und Zuversicht in den letzten Tagen die viel beschriebene Ruhe vor dem Suizid war. Er hatte oft davon gehört und viel darüber gelesen, es aber noch niemals hautnah erlebt. Menschen, die sich wirklich zu diesem Schritt entschlossen haben, kennen keine Verzweiflung mehr. Sie haben mit ihrem Schicksal abgeschlossen und sind innerlich auf den Abschied vorbereitet. Niemand kann sie mehr aufhalten, denn nichts deutet auf ihre Absicht hin. Ganz im Gegenteil. Der Außenstehende, der sich Sorgen gemacht hatte, ist nun voller Erleichterung und Hoffnung, da endlich die Depression überwunden, der absolute Tiefpunkt überschritten scheint. Und dann geschieht das Unfassbare.

Lea hatte sich auch bei Dr. Jonda entschuldigt und sich für seine Hilfe, die weit über das zu erwartende hinausgegangen war, bedankt. Seine wahren Gefühle, seine tiefe Zuneigung hatte sie gespürt und immer bedauert, diese Liebe nicht erwidern zu können. Die Rache hatte zuletzt ihr Leben beherrscht und für nichts anderes mehr Raum gelassen.

Die Beerdigung wurde für alle zu einem schweren Gang. Zu Marlies´ Überraschung kamen sehr viele Menschen, um Leocadia von Strosny das letzte Geleit zu geben. Da waren zunächst die entfernteren Verwandten, dann die Frauen aus dem Gymnastikverein, Frau Weiser mit einigen Kollegen vom Betriebsrat, die neuen Kollegen und ganz hinten, etwas abseits standen tatsächlich ein paar der ehemaligen Kollegen, auch einige von denen, die sie damals ausgestoßen hatten. Und dann noch viele Menschen, die Marlies unbekannt waren, ehemalige Klassenkameraden, Bekannte und Freunde. Vermutlich wäre Lea selbst überrascht gewesen, wie viele Menschen an ihrem Tod Anteil nahmen.

Kommissar Walko hatte große Angst vor diesem Tag gehabt. In den Tagen seit ihrem Tod hatte er sich viele Gedanken über Lea gemacht. Für ihn war sie nicht einfach nur eine Verdächtige gewesen. Nein. Für ihn war sie eine ganz besondere Frau gewesen, die Frau, die er immer gesucht hatte und endlich gefunden zu haben glaubte. Nun war diese Frau gegangen, für immer. Jetzt gab es keine Hoffnung mehr, mit Lea wurde auch sein Traum zu Grabe getragen. Sein Traum, der nach ihren ersten gesprochenen Worten schon fast zerplatzt war. So lange sie geschwiegen und in ihrer eigenen Welt jenseits der Realität gelebt hatte, da hatte sie etwas von einem Engel und in diesen Engel hatte er sich verliebt. Aber als sie aus ihrem Exil zurück kehrte ins Leben, da hatte sie plötzlich keinen Glorienschein mehr, da war sie plötzlich eine Frau aus Fleisch und Blut, noch dazu mit einer für seine Ohren unerträglichen Stimme. Da war sie ihm zu nahe gekommen, zu nahe für eine Traumgestalt, zu real für eine Angebetete, nicht wirklich gewollt für das Leben im Hier und Jetzt.

Ihm war klar geworden, dass er bisher alle

Frauen an diesem Ideal gemessen hatte und sich deshalb für keine entscheiden konnte. Er war immer auf der Suche nach dieser Lea gewesen. Diese Suche hatte er genossen, sie war ihm zur Lebensphilosophie geworden, denn er hatte nie wirklich zum Ziel kommen, nie wirklich eine feste Bindung eingehen wollen. Eine feste Bindung mit all ihren Abstrichen und Kompromissen. Es war einfacher gewesen, an einem Traum fest zu halten und bei den ersten Schwierigkeiten die Beziehung einfach zu beenden.

Mit jedem Schritt, den der Sarg näher zum Grab getragen wurde, verabschiedete sich Walko von Lea und seinem Traum. Hier auf dem Friedhof sollten beide ruhen, und wenn er diesen Ort verlassen würde, dann mit der Gewissheit, an ihrem Grabstein immer wieder an seine Illusion erinnert zu werden.

Dieser Ort war voller Schmerz und Trauer, und ihn zu verlassen wirkte befreiend und erleichternd. Marlies war die ganze Zeit über ruhig. Sie hatte ihre Beobachtungen im Stillen gemacht und nicht das Bedürfnis gehabt, sie irgendjemandem mitzuteilen. Ihr Chef, der sonst immer ungefragt Zuhörer ihrer wilden Analysen sein musste, war so tief in seiner Trauer gefangen, dass sie ihn nicht stören wollte und sich nach der Beerdigung gleich verabschiedete. Doch Walko hatte nicht das Bedürfnis allein zu sein, sondern den Wunsch nach Gesellschaft, nach angenehmer Gesellschaft. Trotz seiner Zurückgezogenheit in den letzten Tagen war ihm nicht entgangen, wie rücksichtsvoll und sensibel seine Assistentin war, und wie gut ihm das getan hatte. Deshalb bat er sie:

„Frau Mendel, wollen Sie nicht noch mit mir irgendwo hin gehen? Ich möchte Sie zum Essen einladen, um meine verlorene Wette einzulösen."

Marlies glaubte, ihren Ohren nicht zu trauen. Walko wollte freiwillig mit ihr Essen gehen? Er deutete ihr Zögern als Ablehnung und versuchte sie zu überreden:

„Ich hatte Ihnen doch versprochen, Ihnen irgendwann einmal etwas über meine Vergangenheit zu erzählen. Warum nicht heute?"

Noch immer wusste Marlies nicht, ob sie träumte oder ob das wirklich ihr Chef war, der diese Worte sagte.

„Und außerdem bin ich der Meinung, dass es langsam Zeit wird, uns beim Vornamen zu nennen. - Viktor."

„Ich weiß", antwortete sie betont lässig, während ihr das Herz bis zum Hals klopfte. - Marlies."

„M A R L I E S", wiederholte er so sanft und zart, dass sie die Augen schloss, um den prickelnden Schauer auf ihrer Haut zu genießen. Mit einem kleinen Seufzer kam sie ihm gefährlich nahe und nun geriet auch er in den Sog der Intimität. Alle Fasern seines Körpers schienen auf Marlies fixiert zu sein. Er ahnte noch nichts von ihrer Absicht, ihn nie mehr loszulassen.